和中国文豪一起吃茶去

鲁迅 周作人 周瘦鹃
萧红 老舍 —— 等著

魏韶华 —— 主编

漓江出版社
桂林

图书在版编目(CIP)数据

和中国文豪一起吃茶去 / 魏韶华主编. -- 桂林：漓江出版社, 2022.3（2022.3重印）
ISBN 978-7-5407-9173-5

Ⅰ. ①和… Ⅱ. ①魏… Ⅲ. ①散文集 - 中国 - 现代②散文集 - 中国 - 当代 Ⅳ. ①I266

中国版本图书馆CIP数据核字(2021)第246174号

和中国文豪一起吃茶去
HE ZHONGGUO WENHAO YIQI CHI CHA QU

主　　编　魏韶华

出 版 人　刘迪才
责任编辑　符红霞　　助理编辑　滚碧月
版式设计　page11　　责任监印　黄菲菲

出版发行　漓江出版社有限公司
社　　址　广西桂林市南环路22号　邮　　编　541002
发行电话　010-65699511　0773-2583322
传　　真　010-85891290　0773-2582200
邮购热线　0773-2582200
网　　址　www.lijiangbooks.com　微信公众号　lijiangpress

印　　制　朗翔印刷（天津）有限公司
开　　本　880 mm × 1230 mm　1/32
印　　张　5.375　字　　数　90千字
版　　次　2022年 3月第1版　印　　次　2022年 3月第2次印刷
书　　号　ISBN 978-7-5407-9173-5
定　　价　39.80 元

序

今日天气晴好，闲来无事且心境颇宁静，遂泡茶一壶。壶非名壶，茶亦非名茶，对茶艺更无深究细研，此刻只为安慰纷乱的灵魂。

一缕阳光正好照在清漓的茶汤之上，犹如一层朦胧的轻纱薄雾，让我顿觉在这寂冷的冬日并不孤寂，一盏淡茶即是我在人世间所有温爱的象征，这是自我对话的景观。法国诗人瓦雷里认为人是X，是X个自我的组合，此刻我听到我灵魂内部的叙谈与争吵甚至搏斗，如千军万马如洪荒宇宙。

思绪沉入心灵的湖底，犹如一部皇皇《追忆逝水年华》。恍惚间听到敲门声，老友来，真友情从来不用提前预约，我喜欢生活中的偶然，其实，一切人生不过是偶遇的集合罢了，所有的必然都不过是“事后诸葛亮”式的演绎。

人和人、人与物的相遇都是偶遇，都是“林中路”漫步中充满惊喜的偶遇，这些偶遇建构了我与世界的关系，如同这来自遥远田野的被某个人揉搓过的小小叶片，如同这经过某人精巧的手的塑形又历经火的高温淬炼的壶，一如我对面懒坐的友人，一切都是生命中的机缘巧合，都是与我相遇的恩人（或恩物）。正是他们使我成为此刻的“我”，我对构成我独特生命的人或物充满感激之情。

就像这本讲茶的小书，从海量的民国旧刊中精心寻觅而来。您可能是在某书店“蓦然回首”与之相遇，也可能是网上的偶遇，当您把它置于书桌几榻，就是与千年难觅的精神相遇，恰如张爱玲《爱》里的“遇见”：

> 于千万人之中遇见你所遇见的人，于千万年之中，时间的无涯的荒野里，没有早一步，也没有晚一步，刚巧赶上了，那也没有别的话可说，惟有轻轻的问一声：“哦，你也在这里吗？”

书编定后，就一直在寻觅它的偶遇者。书不是一堆冰冷的带有字符的纸张（一如茶并非“H_2O+茶多酚”），它们拥有生命，它们就是生命！书的作者是独异个体的生命，带着独异的经验和眼光，他们的文字带有生命的温热。他们谈茶，由茶纵论古今、抒写人情，都是在谈生活、话人生，每一位都是绝佳的聊天者，或散漫，或激越，或慵懒，但都发乎真性情，给人以人生的启示或警示。

我们在生活中都经历着不同的人生，但每个人也是人类，有人类共同的公分母。我们每次的阅读都是共读，文字敲击的是每个个体独特的心音。就如同我对面的友人，茶是我们之间对话的介质，对谈有时平和舒缓，有时言辞激烈，有时是长时间静默，但彼此感觉灵魂有相通处，让我们感到在世界上并不寂寞。

一本书即如一杯茶，我想象着您正翻开某一页，不是正襟危坐，因为这是一本生命之书，在书中您与某个作家相遇，与书中的人生感悟和经验暗合。一本好书传达的不只是知识，还有生命的信息、人生的智慧，书让您遇到那个更好的自己，并成为您精神成长的助力，因为，人生是每个人终身的学问。没有人真的是在读“书”， 翻开一篇文章遇到的是一个人，阅读是我们与作者的对话、与自己的对话。

一杯茶对中国人来说从来就不意味着解渴之需，而是营造一种精神氛围，或友人聚谈，或独自品味，都与一种独特的生命存在方式有关，它是中国人骨子里的浪漫，是一种精神生活场景。本书选文大部分撰写于民国时期，那个时期经由文字流传至今的是一种独特的精神样貌，他们虽居战乱纷扰时局之中，却能独立自处，在中西古今的文化夹缝中奋力拓展他们的灵魂空间，每个人都尽力绽放与众不同的生命之花。他们的文字有一种文白间杂之美，一如他们古今融汇的审美之风，其文字背后释放出来的是一个时代独有的精神氛围。当您翻开书中的文字，就是在与他们进行跨越时空的精神交往，从中可以感受到他们独特的心跳。他们曾经那样思考生活、感受生命，作为一面镜子，照出我们生活的欠缺与乏味，于是我们更明白人应当如何生活，如何体味人生的苦乐，如何从不易觉察的细节中去知晓生命的真味。

有人说这是个焦虑的时代，其实焦虑从来都是个体的感受，我以为焦虑来自对周边人与物的过度的功利化即物化。没有“物”我们的确不能生存，但没有对“物”的超越，没有真正的精神生活空间，极易导致灵魂的枯萎和狭促。人作为“精神之动物”，必须有丰赡的精神空间以安顿疲惫的灵魂，饮茶、读书都是生命的功课，即便它们不能带来世俗的益处。

本书尽力搜寻民国时期与吃茶有关的文学类文字，兼顾可读性与趣味性，是茶与人生的“智慧书”，也是茶文化的“百科书”。

周作人可谓茶文化的研究者：“书几上只摆着一部陆羽的《茶经》，陆廷灿的《续茶经》，以及刘源长的《茶史》。”（《〈茶之书〉序》）而讲到喝茶，周作人与鲁迅角度完全不同，虽然写的是茶，谈的却是人生。鲁迅《喝茶》从中国人喝茶的精细讲究看到因“感觉的细腻和锐敏”而导致的生命退化，周作人的《喝茶》也认同这种讲究：“我的所谓喝茶，却是在喝清茶，在赏鉴其色与香与味，意未必在止渴，自然更不在果腹了。”“喝茶当于瓦屋纸窗之下，清泉绿茶，用素雅的陶瓷茶具， 同二三人共饮，得半日之闲，可抵十年的尘梦。”这是周作人的一种人生趣味的表达。顾仲彝的《喝茶》讲的是苏州人社交中的喝茶：“我真羡慕苏州人的悠闲自得。”金受申的《喝茶》则是名副其实的“茶百科”：从五个方面讲品茶，分六大类讲茶叶。许多同题散文因作者个性气质、思想观念不同而表现出种种异趣独思，比照读来真是妙趣横生！

中国地域广袤，由气候、物产、人文的差异，形成各地茶俗百花争艳。郁达夫《上海的茶楼》、英弟《广东的茶馆》、莲影《苏州的茶食店》、李劼人《成都的特景——茶铺》等，均由茶谈及各地民风民俗，无论您是当地人还是游客，读来都可体会人间烟火、感受人生百味！张恨水的《茶馆》写北京，金受申的《茶馆》、周作人《北京的茶食》也写北京，而角度趣味皆有不同。 缪崇群的散文《茶馆》重写南京茶俗，而周瘦鹃的散文《茶话》则是“茶史”与“茶百科”。今天的读者读到这些充满知识性与趣味性的文字是怎样的福分啊！那是经由茶和这本小书而实现的跨越时空的精神交往！

虽有电子期刊数据库查询之便利，但有些篇章依然如湖中捞针不易寻得，因时代遥远、初刊录入错误均需进行文字方面的校勘更正；除大家熟知的名家外，王文元、莲影、华吟水、英弟等几位作者的生平资料皆无从查考。感谢研究生张晓彤的辛苦劳作，感谢本书编辑们的努力和细心。

在本书的编校过程中，我们尽量保持了早期白话文的特色，例如在多篇文章中出现的“的”“地”“得”不分，“哪”“那”不论等表述方式。考虑到恐有读者会有所误读，也特此说明。

马丁·布伯如此论及世界与人生的二重性：“你”之世界与“它”之世界的对立，“我—你”人生与“我—它”人生的对立。“人呵，伫立在真理的一切庄严中且聆听这样的昭示：人无‘它’不可生存，但仅靠‘它’则生存者不复为人。”（《我与你》）书如茶一杯，请您“与中国文豪一起吃茶去”！一起品味人生真味！建构生趣盎然的“我—你”人生！

本书主编 魏韶华

2021 年 12 月 6 日

目录

第一章 茶之雅韵

目录

第二章 茶事茶俗

目 录

目 录

第一章

茶之雅韵

喝茶

/ 鲁迅

某公司又在廉价了，去买了二两好茶叶，每两洋二角。开首泡了一壶，怕它冷得快，用棉袄包起来，却不料郑重其事的来喝的时候，味道竟和我一向喝着的粗茶差不多，颜色也很重浊。

我知道这是自己错误了，喝好茶，是要用盖碗的，于是用盖碗。果然，泡了之后，色清而味甘，微香而小苦，确是好茶叶。但这是须在静坐无为的时候的，当我正写着《吃教》的中途，拉来一喝，那好味道竟又不知不觉的滑过去，像喝着粗茶一样了。

有好茶喝，会喝好茶，是一种"清福"。不过要享这"清福"，首先就须有工夫，其次是练习出来的特别的感觉。由这一极琐屑的经验，我想，假使是一个使用筋力的工人，在喉干欲裂的时候，那么，即使给他龙井芽茶、珠兰窨片，恐怕他喝起来也未必觉得和热水有什么大区别罢。所谓"秋思"，其实也是这样的，骚人墨客，会觉得什么"悲哉，秋之为气也"，风雨阴晴，都给他一种刺戟，一方面也就是一种“清福”，但在老农，却只知道每年的此际，就要割稻而已。

于是有人以为这种细腻锐敏的感觉，当然不属于粗人，这是上等人的牌号。然而我恐怕也正是这牌号就要倒闭的先声。我们有痛觉，一方面是使我们受苦的，而一方面也使我们能够自卫。假如没有，则即使背上被人刺了一尖刀，也将茫无知觉，直到血尽倒地，自己还不明白为什么倒地。但这痛觉如果细腻锐敏起来呢，则不但衣服上有一根小刺就觉得，连衣服上的接缝、线结、布毛都要觉得，倘不穿“无缝天衣”，他便要终日如芒刺在身，活不下去了。但假装锐敏的，自然不在此例。

感觉的细腻和锐敏，较之麻木，那当然算是进步的，然而以有助于生命的进化为限。如果不相干，甚而至于有碍，那就是进化中的病态，不久就要收梢。我们试将享清福、抱秋心的雅人，和破衣粗食的粗人一比较，就明白究竟是谁活得下去。喝过茶，望着秋天，我于是想：不识好茶，没有秋思，倒也罢了。

（原载于1933年10月2日《申报·自由谈》）

喝茶

/ 周作人

前回徐志摩先生在平民中学讲“吃茶”——并不是胡适之先生所说的“吃讲茶”——我没有工夫去听，又可惜没有见到他精心结构的讲稿，但我推想他是在讲日本的“茶道”，而且一定说的很好。茶道的意思，用平凡的话来说，可以称作“忙里偷闲，苦中作乐”，在不完全的现世享乐一点美与和谐，在刹那间体会永久，在日本之“象征的文化”里的一种代表艺术。关于这一件事，徐先生一定已有透彻巧妙的解说，不必再来多嘴，我现在所想说的，只是我个人的很平常的喝茶罢了。

喝茶以绿茶为正宗，红茶已经没有什么意味，何况又加糖——与牛奶？葛辛（George Gissing）[①]的《草堂随笔》（原名 *Private Papers of Henry Ryecroft*）确是很有趣味的书，但

① 即乔治 · 吉辛。

《冬之卷》里说及饮茶，以为英国家庭里下午的红茶与黄油面包是一日中最大的乐事，支那饮茶已历千百年，未必能领略此种乐趣与实益的万分之一，则我殊不以为然，红茶带“吐斯”未始不可吃，但这只是当饭，在肚饥时食之而已；我的所谓喝茶，却是在喝清茶，在赏鉴其色与香与味，意未必在止渴，自然更不在果腹了。中国古昔曾吃过煎茶及抹茶，现在所用的都是泡茶，冈仓觉三在《茶之书》（*Book of Tea*，1919）里很巧妙的称之曰“自然主义的茶”，所以我们所重的即在这自然之妙味。中国人上茶馆去，左一碗右一碗的喝了半天，好像是刚从沙漠里回来的样子，颇合于我的喝茶的意思（听说闽粤有所谓吃工夫茶者自然也有道理），只可惜近来太是洋场化，失了本意，其结果成为饭馆子之流，只在乡村间还保存一点古风，惟是屋宇器具简陋万分，或者但可称为颇有喝茶之意，而未可许为已得喝茶之道也。

喝茶当于瓦屋纸窗之下，清泉绿茶，用素雅的陶瓷茶具，同二三人共饮，得半日之闲，可抵十年的尘梦。喝茶之后，再去继续修各人的胜业，无论为名为利，都无不可，但偶然的片刻优游乃断不可少，中国喝茶时多吃瓜子，我觉得不很适宜，喝茶时所吃的东西应当是轻淡的“茶食”。中国的茶食却变了“满汉饽饽”，其性质与“阿阿兜”相差无几；不是喝茶时所吃的东西了。日本的点心虽是豆米的成品，但那优雅的形色，朴素的味道，很合于茶食的资格，如各色“羊羹”（据上田恭辅氏考据，说是出于中国唐时的羊肝饼），尤有特殊的风味。江南茶馆中有一种“干丝”，用豆腐干切成细丝，加姜丝酱油，重汤炖热，上浇麻油，出以供客，其利益为“堂倌”所独有。豆腐干中本有一种“茶干”，今变而为丝，亦颇与茶相宜。在南京时常食此品，据云有某寺方丈所制为最，虽也曾尝试，却已忘记，所记得者乃只是下关的江天阁而已。学生们的习惯，平常“干丝”既出，大抵不即食，等到麻油再加，开水重换之后，始行举箸，最为合式，因为一到即罄，次碗继至，不遑应酬，否则麻油三浇，旋即撤去，怒形于色，未免使客不欢而散，茶意都消了。

吾乡昌安门外有一处地方，名三脚桥（实在并无三脚，乃是三出，因以一桥而跨三叉的河上也），其地有豆腐店曰周德和者，制茶干最有名。寻常的豆腐干方约寸半，厚三分，值钱二文，周德和的价值相同，小而且薄，几及一半，黝黑坚实，如紫檀片。我家距三脚桥有步行两小时的路程，故殊不易得，但能吃到油炸者而已。每天有人挑担设炉镬，沿街叫卖，其词曰：

辣酱辣，

麻油炸，
红酱搽，
辣酱拓，
周德和格五香油炸豆腐干。

其制法如上所述，以竹丝插其末端，每枚值三文。豆腐干大小如周德和，而甚柔软，大约系常品。惟经过这样烹调，虽然不是茶食之一，却也不失为一种好豆食。——豆腐的确也是极乐的佳妙的食品，可以有种种的变化，惟在西洋不会被领解，正如茶一般。

日本用茶淘饭，名曰“茶渍”，以腌菜及“泽庵”（即福建的黄土萝卜，日本泽庵法师始传此法，盖从中国传去）等为佐，很有清淡而甘香的风味。中国人未尝不这样吃，惟其原因，非由穷困即为节省，殆少有故意往清茶淡饭中寻其固有之味者，此所以为可惜也。

十三年[①]十二月

① 即 1924 年。——编者注

茶汤

/ 周作人

我们看古人的作品，对于他们思想感情，大抵都可了解，因为虽然有年代间隔，那些知识分子的意见总还可想象得到；唯独讲到他们的生活，我们便大部分不知道，无从想象了。我们看宋朝人的亲笔书简，仿佛觉得相隔不及百年，但事实上有近千年的历史，这其间生活情形发生变动，有些事缺了记载，便无从稽考了。最显著的事例如吃食。从前章太炎先生批评考古学家，他们考了一天星斗，我问他汉朝人吃饭是怎样的，他们能说出么？这当然是困难的事，汉朝人的吃食方法无法可考，但是宋朝，因为在历史博物馆有老百姓家里的一张板桌，一把一字椅，曾经在巨鹿出土，保存在那里，我们可以知道是用桌椅的了；又有些家用碗碟，可以推想食桌的情形。但是吃些什么呢？查书去无书可查，一般笔记因为记录日常杂事嫌它烦琐，所以记的极少，往往有些食品到底不知是怎样的，这是一个很大的缺恨。现在我们收小范围，只就一两件事，与现今可以发生联系的，来谈一下吧。

《水浒传》里的王婆开着茶坊，但是看她不大卖泡茶，她请西门庆喝的有“梅汤”，和不知是什么的“和合汤”，看下文西门庆说，“放甜些”，可知是甜的东西，末了点两盏“姜汤”了。后来她招待武大娘子，“浓浓地点道茶，撒上些白松子胡桃肉”，那末也不是清茶了，却是一种好喝的什么汤了。这里恰好叫我想起北京市上的所谓“茶汤”了。这乃是一种什么面粉，加糖和水调了，再加开水滚了吃，仿佛是藕粉模样，小孩们很喜欢喝。此外有“杏仁茶”和“牛骨髓茶”，也与这相像，不过那是别有名堂，不是混称茶汤了。我看见这种“茶汤”，才想到王婆撒上些白松子胡桃肉的，大约是这一类的茶了。茶叶虽然起于六朝，唐人已很爱喝，但这还是一种奢侈品，不曾通行民间，我看《水浒传》没有写到吃茶或用茶招待人的，不过沿用茶这名称指称那些饮料而已。

据这个例子，假如笔记上多记些烦琐的事物，我们还可根据了与现有的风俗比较，说不定能够明白一点过去。现在的材料只有小说，而小说顶古旧也不能过宋朝，那末对于汉朝的吃食，没有方法去知道的了。

《茶之书》序

/ 周作人

方纪生君译冈仓氏所著《茶之书》为汉文，属写小序。余曾读《茶之书》英文原本，嗣又得见村冈氏日本文译本，心颇欢喜，喤引之役亦所甚愿，但是如何写法呢。关于人与书之解释，虽然是十分的想用心力，一定是挂一漏万，不能讨好，唯有藏拙乃是上策，所以就搁下来了。近日得方君电信，知稿已付印，又来催序文，觉得不能再推托了，只好设法来写，这回却改换了方法，将那古旧的不切题法来应用，似乎可以希望对付过去。我把冈仓氏的关系书类都收了起来，书几上只摆着一部陆羽的《茶经》，陆廷灿的《续茶经》，以及刘源长的《茶史》。我将这些书本胡乱地翻了一阵之后，忽然的似有所悟。这自然并不真是什么的悟，只是想到了一件事，茶事起于中国，有这么一部《茶经》，却是不曾发生茶道，正如虽有《瓶史》而不曾发生花道一样。这是什么缘故呢？中国人不大热心于道，因为他缺少宗教情绪，这恐怕是真的，但是因此对于道教与神也就不容易有甚深了解了罢。这里我想起中国平民的吃茶来。吃茶的地方普通有“茶楼”“茶园”等名称，此只是说村市的茶店，盖茶楼等处大抵是苏杭式的吃茶点的所在，茶店则但有清茶可吃而已。茹敦和《越言释》中“店”字条下云：

> 古所谓坫者，盖垒土为之，以代今人卓子之用。……北方山桥野市，凡卖酒浆不托者，大都不设卓子而有坫，因而酒曰酒店，饭曰饭店。即今京师自高梁桥以至圆明园一带，盖犹见古俗，是店之为店，实因坫得名。

吾乡多树木，店头不设坫而用板桌长凳，但其素朴亦不相上下，茶具则一盖碗，不必带托，中泡清茶，吃之历时颇长，曰坐茶店，为平民悦乐之一。士大夫摆架子不肯去，则在家泡茶而吃之，虽独乐之趣有殊，而非以疗渴，又与外国人蔗糖牛乳如吃点心然者异，殆亦意在赏其苦甘味外之味欤。红茶加糖，可谓俗已。茶道有宗教气，超越矣，其源盖本出于禅僧。中国的吃茶是凡人法，殆可称为儒家的，《茶经》云：“啜苦咽甘，茶也。”此语尽之。中国昔有四民之目，实则只是一团，无甚分别，缙绅之间反多俗物，可为实例。日本旧日阶级俨然，风雅所寄多在僧侣以及武士，此中同异正大有考索之价值。中国人未尝不嗜饮茶，而茶道独发生于日本，窃意禅与武士之为用盖甚大。西洋人读茶之书固多闻所未闻，在中国人则心知其意而未能行，犹读语录者看人坐禅，亦当觉得欣然有会。一口说东洋文化，其间正复多歧，有全然一致者，亦有同而异，异而同者，关于茶事令方君译此书，可以知其同中有异之迹，至可忻感，若更进而考其意义特异者，于了解民族文化上亦更有力，有如关于粢与酒之书，方君其亦有意于斯乎。

喝茶

/ 顾仲彝

喝茶是苏州人社交上第一件要事， 每天早上九至十时、下午四至五时是各界人士不用通知的默契的集会时间。试拿最大的吴苑来作例吧，到那集会时间，前后各厅各棚、楼上楼下、走廊过道，都挤满了茶客，熙熙攘攘，来来往往，热闹非凡。有吃点心的，有吸烟的，有拿着热腾腾手巾揩汗的，有赤着膊迎着风跷着脚乘凉的，有嗑瓜子的，有呼噜呼噜吃面的，有高声大笑的，有交头接耳说话的，有打情骂俏的，有斗嘴骂街的，有看报的，有摇头摆尾读文章的；形形式式，不一而足。卖香烟的苏州小姑娘，卖白兰花的乡下大姑娘，卖青梅、橄榄零食的赤膊大汉，卖报的老头儿，尖着喉咙、提着水壶的跑堂伙计，川流不息的在厅堂各处转动。还有强卖挖耳的青青乞丐，拄着木杖瘦干如柴向你诉苦讨钱的老太婆，敞着胸口拿着马鞭向你兜售马车游虎丘的车夫，也夹在客人中间，哀求、哭诉、讲价、还价，闹得整个茶店像一锅子热开水，在冒烟的沸腾着。

我和几位朋友好容易找到一张比较僻静的桌子，马上给卖香烟的、卖白兰花的、卖零食的、卖报的包围起来，七张八嘴的向我们进攻，他们哀求，说好话，向我们献殷勤，不管三七二十一，把他们要赏赐给我们的东西放满了一桌子。我们抗议，叫他们走开，但带着心虚的外乡人，总抵不过他们的柔媚和气，谗言软语，只好屈服下来。好容易把阵地肃清，坐了下来，但他们的游击部队仍然不断的前来袭击，好在一批批来，我们就可以沉着应战，后来干脆给他们一个相应不理，局面便渐渐澄清了。

我真羡慕苏州人的悠闲自得。我邻桌上一位标准的苏州人，瘦削的脸，长长的颈，一副厚而重的近视眼镜压在他的鼻尖上，手里机械地拿起瓜子往嘴里送，一面很有节奏地把瓜子壳嗑碎了向地上一吐，两条腿架着，和着他的嗑吐颤动着，两只眼睛望着天井，一动也不动约有十多分钟之久，他的精神可说是升华了。一会儿一个小丫头似的姑娘来叫他，他就拿起扇子走了。

我在走廊上常常听见如下的谈话：

“老兄今天怎么来迟了？”

“他们硬要联四圈，我赢家怎么好反对。”

“老兄近来手气怎么样？”

“不大好。近来心绪太坏，租米收不起来，想动动别的脑筋。老兄近来很不错吧，听说你股票上很弄了一票，请你老兄指点指点唠。”

“我不过跟着人家买了玩的，赚得不多。老兄要做，我劝你买黑市黄——”

“不犯法么？”

“哈哈哈！告诉你，那一个不在做，天天有行市。”

“你几时回来的？放假了么？”

“放了一个月了。昨天回来的。”

“怎么放了假不马上回来？”

“倒霉的学校，全班四分之三不及格，校里硬拖住我们补习，每门二十万元，不补下学期不升班。”

“不过你怎么补了一个月又回来了？”

“补课只开始了一个礼拜，学校里只要你交了费，注了册，你到不到班他们不在乎。”

“这倒还不错。你明天到我家里来打小牌好不好？”

“好，我一定来！”

“米价又涨了。”

“看样子到秋天要看到一数。你买了多少？”

“不多。我十担，你呢？”

“我不买这个，我买美——”

“你老兄眼光最准，我佩服。”

“有调整消息，机会难得。你吃什么点心？堂倌！……”

“×× 出来了没有？”

“早出来啦。其实他傻，早走开了，等到现在一个起码的汉奸，谁会去告他？花了那么多的冤枉钱，真不值得。”

“像你老兄就能干，摇身一变就是一个重庆人。”

“其实我是一个地地道道的苏州人！”

“所以重庆人还不及一个苏州人。”

“你近来在苏州干什么？”

“我呀……”

“他还要干什么？他在苏州买了花园洋房，讨了一个苏州太太，做道地的寓公了。”

“别瞎说，我南京的太太知道了，那还得了！我是有公事到苏州来的，不过苏州地方好，多住几天罢了。”

“老 × 真不错，在军队里混了几年，混出山了。我们小弟兄真太不兴了，还得请你照顾！”

“大家老弟兄，那还用说？我这儿的小公馆还得请两位老弟照顾。”

“那还用说。不过，老兄怎样‘发’起来的？”

“这也是机会，我前年飞到上海，就办接收……”

“喔，真不容易！那末我们跟老兄去办接收好不好？”

“现在还有什么接收？只怕以后要被人家接收了。”

“哈哈哈！老兄还是跟以前一样会说笑话。”

听了上面和其他形形式式的谈话，头有点晕，就起身走了。

品茶

/ 圭梵

空闲着的时候，沏一杯浓浓的带点苦味的龙井，擎起杯子，望着沉浸的一片片案芽，在绿水里浸泳着，送到口边，从容地吹收了水面的水泡，轻轻地呷吮一口， 这时候，舌尖上会感到清凉，舌根便淡淡地渗出些苦味的津液。但是，不准咕嘟地喝，那样喝的叫“牛饮”， 那是不合《茶经》的。

据说，品茗可以从苦味中沉静头脑，发展思路，而文人雅士，也差不多都以品茶来表现他们的文和雅。

可是现在，据说时代进步了，于是，穿西装之流的摩登人物，便把喝茶改作了喝咖啡，他们的文章里真像有了多多的糖和带点儿了洋味，大教授著作的时候，时常会在稿子上弄上几点褐色的咖啡斑点。我想，大概是咖啡要比龙井更来得文和雅吧！

但是，在我们的文雅国度里，还有一种社会，那里边的人多半是穿着蓝布衣服的。

在那儿，每当早上同下午三四点钟的时候，我常常走过那狭小龌龊和热闹的街上，这时在每家的茶店里，都攒涌着团团的人头，头在烟雾里晃动着，黝黑的面孔上流露着闲适的微笑。每张油渍浸透的桌子旁，都坐上七八个，围对着桌上几只空剩的残屑的蓝花瓷盘，每人面前摆着一只满盛着黄褐混沌的茶的碗没有水泡，有根把粗茶秆浮在茶上，也没有怎样的热气，或许我就看不出来。两个伙计雄起地站在炉旁，扶着一个大蒸笼，隔一刻笼盖开啦，在一阵冲起的蒸汽下，便显出一颗颗鼠黄色的包子馒头，于是，装瓷盘的声音，呐喊的声音，再夹着“嗡嗡”的声音，一阵哄动，桌子上再摆上两盘热气腾腾的食品，于是桌边的人动了，一齐推开了茶碗，举出毛竹筷，看准包子馒头射来射去。一会儿便有一把满涂着煤灰的铁壶给一只只茶碗冲满了开水。

慢慢地，铜子儿摆在桌子上，各人都拿着扁担、布袋、篮子，出了茶店，清洁的人用衣襟揩揩嘴巴，悠悠地散了。

这样没有吃饭来的叫作“吃早茶”，吃了午饭来的叫作“吃下午”。

像这种茶店，我也曾进去过一次。当我出来之后，我便发生了一个疑问：

“为什么在那里面的品茶，品不出什么文和雅呢？”

一个朋友告诉我道：

“呆子，茶叶在那里面，两个铜子儿就买一大包呢！”

喝茶

/ 金受申

品茶与饮茶

茶道在中国已有千年以上的历史，向来以“品茶”和“饮茶”分为不同的“茶道”。陆羽作《茶经》，即谈的是品茶。换句话说，即是欣赏茶的味道、水的佳劣、茶具的好坏（日本人最重此点），以为消遣时光的风雅之举。善于品茶，要讲究五个方面：第一须备有许多茶壶茶杯。壶如酒壶，杯如酒杯，只求尝试其味，借以观赏环境物事的，如清风明月、松吟、竹韵、梅开、雪霁……并不在求解渴，所以茶具宜小。第二须讲蓄水。什么是惠山泉水，哪个是扬子江心水，还有初次雪水、梅花上雪水、三伏雨水……何种须现汲现饮，何种须蓄之隔年，何种须埋藏地下，何种必须摇动，何种切忌摇动，都有一定的道理。第三须讲茶叶。何谓“旗”，何谓“枪”，何种须“明前”，何种须“雨前”，何地产名茶，都蓄之在心，藏之在箧，遇有哪种环境，应以哪种水烹哪种茶，都是一毫不爽的。至于所谓“红绿花茶”“西湖龙井”之类，只是平庸的俗品，尤以“茉莉双窨”，是被品茶者嗤之以鼻的。第四须讲烹茶煮水的功夫。何种火候一丝不许稍差。大致是：“一煮如蟹眼”，指其水面生泡而言；“二煮如松涛”，指其水沸之声而言。水不及沸不能饮，太沸失其水味、败其茶香，亦不能饮。至于哪种水用哪种柴来烧，也是有相当研究的。第五须讲品茶的功夫。茶初品尝，即知其为某种茶叶，再则闭目仔细品尝，即知其水质高下，且以名茶赏名景然后茶道尚矣！

至于饮茶者流，乃吾辈忙人解渴之谓也。尤以北方君子，茶具不厌其大，壶盛十斗，碗可盛饭，煮水必令大沸，提壶浇地听其声有“噗”音，方认为是开水。茶叶则求其有色味苦，稍进焉者，不过求其有鲜茉莉花而已。如在夏日能饮龙井，已为大佳，谓之“能败火”。更有以龙井茶加茉莉花者，以“龙睛鱼”之名加之，谓之“花红龙井”，是真天下之大噱头也。至于沏茶功夫，以极沸之二水烹茶犹恐不及，必高举水壶直注茶叶，谓“不如是则茶叶不开”。茶既而斟入碗中，视其色淡如也，又必倾入壶中，谓之“砸一砸”。俗更有专饮“高碎”“高末”者流，即喝不起茶叶，喝生碎茶叶和茶叶末。有的人还有一种论调，吃不必适口而必充肠之食，必须要酽茶，将“高碎”置于壶，蔗糖置于碗，循序饮之，谓之“能消食”。

还有一种介于品茶与饮茶之间的，若说是品茶，又蠢然无高雅思想，黯然无欣赏情绪。若说是饮茶，而其大前提并不为解渴，而且对于茶叶的佳劣，辨别得非常清楚，认识得非常明确，尤其是价钱更了如指掌，这就是茶叶铺的掌柜或大伙计。

每逢茶庄有新的茶样到来，必于柜台上罗列许多饭碗，碗中放茶叶货样少许，每碗旁并放与碗中相同的茶样于纸上，以资对照与识别。然后向碗中注沸水，俟茶叶泡开，茶色泡透，凡本柜自认为能辨别佳劣的人物，都负手踱至柜前，俯身就碗，仔细品尝。舌吸唇击，“啧啧”有声。其谱儿大者又多吸而唾于地上，谓之“尝货样”。大铺“尝货样”多在后柜，小铺多在前柜，实在是有意在顾主面前炫耀一番。

茶叶庄

北京茶行，十之九皆为安徽人，所谓“茶叶某家”的便是，有名者为：吴家、汪家、方家、罗家、胡家、程家几姓。而安徽人中尤以歙县为主，所以北京的歙县义地便由茶叶吴家负责典守。外省外县人极难经营茶行，即使有人开茶店，亦须请皖歙人帮忙，如庆隆茶庄就是由皖人相助而由河北安次县人开的。近年更有山西人在京经营茶店的，以前是海味店代营茶叶，后又改为茶店代营海味，一切采办、尝样、主持全是山西人。因安徽为产茶名区，歙县附近尤盛，所以歙人多业茶。北京的大茶店在茶山附近设“坐庄”采办新茶，也有包一角茶山的。小一点的茶店在天津坐庄，更小一点的便向津方茶行批购。天津是北方几省最大的茶叶集散地。到茶山坐庄的人定要懂得各色茶叶的好坏、价值的涨落、在京销售情形，以定采办数目。更需与茶山厮熟，道途通晓，周转资金灵活。每年要往来京皖或京津，所以皖歙人业此最宜。

茶叶的种类

北京人常喝的茶叶可分为六大类：

（一）茉莉香茶 包括所有经过茉莉花窨焙的香片茶。其中细目不下二三十种，以“蒙山云雾”“蒙山仙品”为最佳，以次有“黄山凤眉”“黄山仙雾”“双窨梅蕊”“双窨茗芽”“老竹大方”“铁叶大方”等，此类香片茶有的也曾充贡品，由两淮盐运使呈进，以黄山所产为主。至于此类四个字的雅名，只是茶店对顾客的介绍，实际内行另有简名，即购者也只说要多少钱一斤的龙井或香片，没有呼名的。

（二）珠兰清茶 茶经窨制则失茶味，但不经窨制又只觉苦涩，而珠兰茶可缓其冲。此类茶叶另销一部分嗜爱者，并非普通人的喜好。珠兰茶在茶店呼为“兰窨”，有“兰窨岩顶”“兰窨峨眉”“兰窨宝珠”等，有一二十种名称。京人通称为“连蕊”，写于茶馆茶牌上的，只是珠兰茶中的一种名称。珠兰茶颜色清淡而非龙井，亦非素茶，非静心人不能辨其妙点。

（三）武夷红茶 红茶为熟茶的一种，冬天饮之能祛寒暖腹。此种茶向为旧京人所不喜欢，一般家庭中极为少见。自欧风东渐，跳舞厅咖啡馆里都有了红茶，西餐馆用红茶代替咖啡，有时还加牛奶、砂糖，于是红茶大走“红运”，茶食店中有了红茶，新家庭中也预备下红茶，但早茶晚酒之士是不屑问津的。红茶以“铁观音”“上下岩茶”为最佳，以次有“龙须”“白毫”“红寿”“九曲君眉”“桂花红眉”“大红袍”“红雨淋”，名色佳隽，更有做成茶团或茶束成对计价的，如“水鲜龙团”“武夷龙须”等。

（四）龙井绿茶 茶店以“红绿花茶”四字为号召，“红”即红茶，“绿”则指龙井及六安素茶。

龙井茶自以西湖龙井所产得名，但龙井地大不过一顷，能有多少茶树？即西湖近处亦不见得能喝着真龙井，何况远隔数千里，几元钱就能买一斤呢！茶店将龙井叫作“龙茶”，倒实际一些。按等级分，最好的是“超等龙茶”，其次才是“西湖龙井”“明前贡龙”“春分贡龙”等。绿茶尚有“洞庭碧螺”“四望攀针”“六安梅片”“六安针晃”“六安春茶”等，最次的是“大广丁”。

（五）各种花茶 茶店中花茶以菊花为正宗，有“贡菊”“黄菊”“白菊”等，统名之为“茶菊”，和药店所售有粗细之别。此外“霍山石斛”也列入花茶之中，但价值高昂，多有不预备的。花茶还有“枸橼茶”“野蔷薇茶”“桑顶茶”“桑芽茶”“苦丁茶”“玫瑰花”“安化贡尖”等类。至于窨茶中的茉莉花、珠兰花，也叫“花茶”。近年苏州首以“玳玳花”入茶渐传北方，玳玳花已成今日茶店中必有品了。

（六）普洱茶 昔盛今衰的普洱茶产自云南的普洱，种类也不少，以“蛮松芽茶”为最佳，次为“蛮松普洱”。它的装制与一般茶叶不同，装成茶饼的名“七星饼”，装成茶砖的名“普洱茶砖”，装成茶膏的有“普洱茶膏”。装成茶团的，分大小两种，大的重百两，名“百两普洱团”，小的可以零星称用，名“普洱星团”。喝普洱茶必须熬煎，有时还要加姜片，为边塞旅行的必备之品。

茶叶在产地采摘以后即经人工择制。红茶更须经过炒、晒、蒸等手续，茶的寒性全被涤净。其他窨茶、绿茶则稍经加工即直运各地，所谓“双窨”是到销地以后重加茉莉花窨蒸，花的数量要与茶成比例，过多过少皆不可。窨焙有一定时间，大约为一对时（二十四小时），至时开封；不及时味不佳，稍过时味亦变臭，即“香极生臭”之理。

北京的水

北京人喝茶，对于水虽不讲究，而实亦顾及此点。早年北京没洋井及自来水（北京第一个洋井，说者虽皆以耳闻目见为说，实仍以十二条西口刘家洋井为最早最佳，主人刘五，山东人，能画马，而隐于商贩），普通井水，虽不是土井，是砖井，仍以苦水为最多，那时八旗军家，四季发米，全是老米（俸米是白米），煮老米饭，应以使苦水为香越，所以苦水也为人所重视。做菜做汤，有时用甜水或“二性子”水，洗衣涤器浇花，则以二性子水为主，至于烹茶，才用甜水。够不上甜水井，家道又贫寒的人家，也以二性子水代甜水。早年北京井水，因汲浚不深，所以成为苦水，水苦涩有碱性，昔年最多。二性子水较苦水稍佳，介于甜苦之间，井数较苦水井为少。甜水井最少，甜水井固然是汲淘深的缘故，实也因当地适有佳泉。笔者曾饮“上龙”井水，“上龙”为昔日有名甜水之一，尚不如洋井之深，然甘洌过之，可见为地有佳泉之故。

早年挑水的山东人，聚处为“井窝子”，能得一二性子水，已能发财，人家向备两缸，一贮苦水，一贮二性子；中等人家，则另备一小坛，以贮甜水；大家则摒弃苦水不要。挑水的有专挑某种水的，有兼挑两三种水的。专挑甜水的，则为水夫中翘楚。以前宫中例用玉泉山水，其有茶癖的，或和黄龙包袱水车夫交友，或许以金钱，以期得偶然盗用少许御水，但仍须在预定地点相候，有时且要迎出城老远的去。有的和玉泉山当差人员相识，可以取用一些。其各府第，自以水车每日向各甜水井拉水。“大甜水井”一处，每日可卖水费五十三两整宝一个。那时北京有一俗谚是“南城茶叶北城水”，所谓“北城”，盖指安定门外而言。安定门外甜水甚多，当是地脉所关，以“上龙”“下龙”二处为最佳。二井相离，不足二百步，上龙在北，下龙在南，现在下龙已然填埋，屋宇无存，上龙仍由毛三兄支持开茶肆。安定门外下关北口外，地当小关之内，有甘水桥甜水井一处，此井由元明以来即有名，“甘水桥”尚是元代旧名，以明代为最热闹，文人墨客常在此吃茶，久之百戏杂陈，几成闹市（明代公安派文人所游之地，至今仍有茶可吃者，只剩西直门外白石桥一处了）。清代虽没有以前的繁华，卖甜水是仍旧的，直至洋井盛行，此处立刻冰消了。安定门外角楼北土城边还有一处“满井”，水齐井口，俯身可饮，水更清甜，此地在明代也是文人常到的地方，也相当热闹，在清代却寂寞无闻，也没人在此取水。此井现在仍存，附近土地滋润，清幽异常。前几年曾和门人王永海三数人前往，自携试验化学用的汽油炉及茶具酒果，在此踏过青，难得并无主人相问，极有清幽的趣味。

茶具

北京人虽不讲究泡茶的水，也相当能分别水的佳劣的。北京人是“喝茶”而不是“品茶”，所以茶具不能太小、太讲究，但也有以“喝茶”为目标，而在小茶具细瓷器上注意的。北京喝茶，茶壶也以“小”为目标，但既为喝茶，自以能蓄茶为主，所以能有暖套为佳。暖套例为藤编其外，内衬毡絮，以红喀喇为里，居家行旅，无不相宜，只茶馆中不预备此物。茶壶通以瓷质，老家庭也有用铜壶的，而皆说锡茶壶贮茶不败味。商店中也有小号生铁壶沏茶的，即驰名四远的“山西黑小子”，形作荸荠扁形，实为煮水之用。有一般似乎讲究的，以用宜兴紫砂壶为贵，宜兴壶固佳，但难得精致小品，且多伪制，泥味历久不退。也有用银壶的，此风近年始盛。晚清兴一种磁铁壶及一种茶壶盖碗两用的茶具，实皆宜于靠茶，讲究者不用。前清茶具，有所谓“折盅盖碗”者，盖碗为一盖一底，盖小于底，在其中泡茶，量小适于细饮。且用盖碗，稍显外行，则不但斟不出茶来，反要洒落身上，有时还要摔掉；必须以大指中指卡住两面碗边，食指圈回，顶住碗盖，盖前方稍下沉，即能一丝不洒的斟出茶来。折盅为令茶速凉，乃待客及对付妇孺之需，是仆婢的专差。一般不肖子弟，在盖碗中也要出花样，外绘花卉山水人物名人手笔，内绘避火图两幅，六碗为一桌，装一锦匣。以六碗内图相同的为下品，六碗各异共十二式的为中品，十二碗二十四式的为上中品，二十四碗四十八式为上上品。有一暴发户财主，也要玩玩名瓷，便买了一套上上品四十八式的，后其家败落，此物独得善价，此公也不为无见了。

关于茶碗，普通都是瓷碗，而旧称为“茶盅”的缘故，一则物小，二则完全没把似酒盅，其岔沿豆绿色、茶叶末色、芝麻色的，人则称为“茶碗”。近年托茶碗的有茶碟，早年则有“茶托”“茶船”，全为锡质，也有铜质。其圆形中央有一放碗足小圈的，或荷叶边的，名为“茶托”；其为元宝形、两头高高翘起的，名为“茶船”。

北京泡茶通称为“沏茶”，以先放茶叶后注水为“沏”，先注水后放茶叶为“泡”，北京则无论用茶壶或盖碗，皆用“沏”的方式。其专爱喝酽茶的，先将沏成的茶，喝过几遍，然后倾入沙壶中，上火熬煮，则茶的苦味黄色尽出，谓之“熬茶”。

熬茶适用于山茶，所用沙壶，价值最廉，通称为“沙包”，为中产以上所不睬、富贵人家所不识，而颇利于茶味，乡间野茶馆常用沙包为客沏茶，冬夏皆宜。和熬茶差不多的，有所谓“靠茶”，靠茶即将茶壶置于火傍，使其常温，时久也靠出茶色来。熬茶可以用武火，靠茶不但用文火，简直不必见火，只借火热便可。

伪茶

北京西山附近一带，有山中人扛荷席篓荆筐，内实所谓“山茶”，脱售于当地。村民因其价廉，争相购饮。后京茶庄以山茶羼入真茶劣品中，是为“伪茶”。山茶产于京西翠微西北山套中，过上方山往南便逐渐少了。山茶的原料最初以紫荆为主（紫荆，北京人称为“荆条”，山里人称为“荆蒿”），采其嫩芽晒干，不需蒸焙即可出山售卖。喝山茶的，必须用砂包熬着喝，越靠茶叶越浓，尤以冬日喝山茶更为深厚有趣。

初期的紫荆芽茶尚称不恶，后以销售发达，饮者渐多，遂将日成小叶的紫荆大芽加入，且多加荆枝，以压分量，但仍不失原味。再后乃有杂质加入，但山中人不采夏日长叶，亦不采秋后小叶，只采春日嫩芽，因紫荆花芽虽可代茶，而紫荆则颇有毒质，偶有不慎，与肉类同食，即易致死。西山龙泉坞一带，产杏颇多，山中人每于冬末春初，拾取隔年陈杏，用以泡茶，绝无酸味，而有一缕清香气息，饮之令人心远。拾此干杏，又必须经过雪压，方能有味，于是拾得售卖，人以“踏雪寻梅”称之。我与翁偶虹兄于民十五在小楼流连时，日以此物加茗中饮之，想偶虹尚能记及罢！山茶杂质中，以“剪子股”草、“酸不溜”草、“苣荬菜”为三大原料，其他树叶是绝不加入的。后城里人见山茶可以混充茶内以求厚利，始而收买山茶，选净粗枝，批售茶行，颇能鱼目混珠。后乃广收“嫩酸枣叶”，继则一切嫩枣叶皆可，再则嫩柳叶亦可加入，经过炮制，反成为中等以上的茶叶，是为“高等伪茶”了。此种假茶的制法是：将采得的芽叶洗净晒成半干，然后上笼屉用火蒸，至二分熟；倾出再晒，至半干再蒸，每蒸晒一次，熟的成分即加一分，七蒸七晒芽叶已成稀烂，触手欲碎，所谓“烂成软鼻涕”程度，倾在席上阴至九分干，以手搓成茶叶卷；置于瓷罐中闷放；闷置愈久，茶味愈佳。此种用酸枣芽、枣芽、柳芽所制的伪茶，亦以此顺序排成等级，成为“龙井绿茶”或介于茉莉窨茶和绿茶之间的大方茶，外行人绝喝不出邪味，其茶品亦可列在中等之间。不过真正讲究名誉的大茶店是不肯以此损坏名誉的。近年西山下画眉山一带村民，亦觉紫荆山茶只适于冬日，夏日应饮龙井茶以清心火，于是也仿效制枣芽的“伏地龙井茶”，但自制柳叶茶的很少，这是不肯自欺而已。伏地绿茶畅行以后，于是又设法制窨茶，便采剪子股、酸不溜、苣荬菜诸草叶，加以焙制。

伪制大路货的粗茶，更有采嫩榆树叶、嫩椿树叶的。榆树叶没有特殊味，椿叶有臭味，需经加工处理。京西斋堂以西群山中，制伪茶者以其物易得，遂将嫩椿叶采取后，反复蒸晒至六七次，除去青气臭味，再泼上大量的姜黄水。沏出茶来，色作浓赤者，味苦如大黄，以售下级饮客。

窨真茶向在产花区的丰台诸村，制伪茶的原在广安门内，后因伪茶也需窨制，移到窨真茶的丰台附近了。

第二章

茶事茶俗

煎茶

/ 周作人

《亦报》邮寄偶有失落，请求补寄到来时大抵已迟了七八天了，勤孟先生的那篇《中国茶道》，因此也是刚才看见的，却令我想起震钧的《煎茶说》来。这收在《天咫偶闻》卷八中，据他说是根据陆羽《茶经》想出来的，读了觉得颇有道理，但没有试验过，因为准备稍微有点麻烦。茶叶倒并不拘，碧螺春最好，次则天池龙井，别的也可以，要紧的是煮茶的砂铫，杉木炭去皮，这都不大好找，水则泉水，但雨水也可以。东西齐备了，便着手来煎，这个火候最难，据说妙诀便在东坡的“蟹眼已过鱼眼生，飕飕欲作松风鸣”这两句诗里，照他的话来说是：

> 细沫徐起，是为蟹眼，少顷巨沫跳珠，是为鱼眼，时则微响初闻，则松风鸣也。自蟹眼时即出水一二匙，至松

风鸣时复入之以止其沸，即下茶叶，大约铫水半升，受叶二钱，少顷水再沸，如奔涛溅沫，而茶成矣。

西洋人茶里加牛乳与糖，我们看了觉得好笑，其实用花果点茶也只是五十步之差，震钧却又笑今人以沸汤瀹茗，全是苦涩，这批评也不无道理。我想只用瓦壶炭炉，亦可试验，倘能成功，饮茶的方法大可改良一下， 庶几不至于辜负了中国的名产，也是好的吧。

一九五一年二月

茶馆

/ 张恨水

北平任何一个十字街口，必有一家油盐杂货铺（兼菜摊），一家粮食店，一家煤店。而在成都不是这样，是一家很大的茶馆，代替了一切。我们可知蓉城人士之上茶馆，其需要有胜于油盐小菜与米和煤者。

茶馆是可与古董齐看的铺，不怎么样高的屋檐，不怎么白的夹壁，不怎么粗的柱子，若是晚间，更加上不怎么亮的灯火（电灯与油灯同），矮矮的黑木桌子（不是漆的），大大的黄旧竹椅，一切布置的情调是那样的古老。在坐惯了摩登咖啡馆的人，或者会望望然后去之。可是，我们就自绝早到晚间都看到这里椅子上坐着有人，各人面前放一盖碗茶，陶然自得，毫无倦意。有时，茶馆里坐得席无余地，好像一个很大的盛会。其实，各人也不过是对着那一盖碗茶而已。

有少数茶馆里，也添有说书或弹唱之类的杂技，但那是因有茶馆而生的，并不是因演杂技而产生茶馆。由于并不奏技，茶座上依然满坐着茶客可以证明。在这里，对于成都市上之时间充裕，我极端的敬佩与欣慕。苏州茶馆也多，似乎仍有小巫大巫之别。而况苏州人还要加上一个吃点心，与五香豆糖果之类，其情况就不同了。一寸光阴一寸金，有时也许会作个例外。

茶馆

/ 缪崇群

每个城市里都有茶馆，就是一个小小的村镇罢，杂货店尽可以阙如，而茶馆差不多是必备的。一个地方的形形色色，各种各样的荟萃，恐怕除了到茶馆去作巡礼之外，再也没有别的适当的所在了。

在南京，大人先生们吃咖啡和红茶的地方不算；听女人唱曲子，又叫你看她的脸蛋儿又给你茶吃的地方也不在此数。我所说的就是在这条从古便有而且到如今还四远驰名的秦淮河畔，夫子庙的左右，贡院的近边。一座一座旧式的建筑物，或楼，或台，或居，或阁，或园……都是有着斗大的字的招牌：有“奇芳”，有“民众”，有“得月”，有“六朝”……这些老的，道地的带着南京魂的茶馆。

喝茶，并不是我所好的一件事，不过这些古雅的招牌，确曾给我一种诱惑和玄想；如果有人对我说某爿茶馆里还留着一个当初朱洪武喝水用的粗大的碗，或是某一个朝代御厨房里的破抹布，我都会相信而神往，即使买一张门票进去看看也无不可的。不过这与喝茶是截然的两回事，也许有一种考据癖的人，为考据考据某一块招牌的来历，馆主人的底细，竟走了进去泡一碗茶吃，那就不在此例了。

进茶馆的人，起码是要求一点自由自在的，像北京的茶馆里要贴上“莫谈国事”的红纸条子，那是一种限制，反过来说，也未必不是给人一种方便——国事者国是也，张三谈它，李四论它，混淆听闻，免不了捉将官里去，便惹得大家麻烦了。这里的茶馆倒没有“莫谈国事”的限制，不过走进门来，却常常碰见八个字：

本社清事，荤点不入。

其实，上茶馆的原无须谈什么国事；谈国事的差不多是老爷，老爷们又无须上茶馆了。上茶馆的如果只要不用荤点，那么在教的可以来，出家的也可以来了，大家都得着了方便。上面那八个大字，实际上恐怕还是以广招徕的一种作用罢。

茶，从早卖到天黑为止，客人总满座，并且像川流般的一刻也不停息。上午九十点钟和下午三四点钟的光景，茶馆简直成了蜂窝: 那么多的蜂子向里头钻,又是那么多的蜂子朝外边拥。到了星期日便更热闹起来，如果用譬喻，就只好说蜂群和蜂群打起仗来，蜂窝的情形你再想想看罢。

在我的最无聊的日子中，我有时也作了一个无头似的蜂子向外边飞，嗅着了那有着雪茄烟和粉脂香的“高贵”的地方连连打着喷嚏回来，撞着了窝一般的地方便把自己当作了他们的一员了。

听见了嗡嗡……不绝的声音以后，我不但觉得神情自由自在起来，而且立刻有些飘飘然了。坐定了，我看见壁上挂着两块横额：

竹炉汤沸

如听瓶笙

典故我懂得的极少，因为茶馆进了几回，对于这两块横额上的句子的意思和出处，仿佛才渐渐领会了一点滋味。我拿蜂子比茶馆的情景，也许是太俗太伤雅了。

楼上喝的大约是“贡针”，每碗小洋七分。楼下的便宜一分，不知道是不是因为茶叶稍次一点的缘故，或者故意地以一分小洋作成一个等级。我以为等级不等级的倒算不了一回事，怕上楼的人还可以省一分钱，正如同近视眼的人去看影戏，你请他坐在后面他反不高兴似的。

无论楼上或是楼下，茶房对于客人的待遇却是有着一种显而易见的记号。不在乎的随他，不懂得的也就根本无所谓了。

这是由我的观察而来的，（我可没有看过什么“茶经”，我想茶经上也绝不会有这种记载或分类。）在同一个茶馆，甚至于同一个茶桌上面，我们可以找出三种不同的茶具：

一、紫色的宜兴泥的壶泡茶，大红盖碗或小白杯子喝茶。

二、大红盖碗泡茶，大红盖碗喝茶。

三、大红盖碗泡茶，小白杯子喝茶。

这三种不同的茶具，大约是代表着三种不同性质的茶客。第一种是老而又熟，来得也早。差不多还是上午下午都到的主顾。第二种则不外是熟人，资格虽不见得比上边的那种老，但在地面上或许都有些为人所知的条件：当杠夫的头目也罢；当便衣的候补侦探也罢；当鸭子店的老板也罢……因为事忙，不常来，来时又迟，宜兴壶分不到他的份上，于是把泡茶的大红盖碗给他当吃茶的杯子，不能不说恭而且敬了。第三种便是普通一般的茶客，为喝茶而来，渴止而去。

除了第一种之外，其余两种的大红盖碗底下，都配着一个茶托子，这托子的用处并不专在托茶，它还附带着是一种账目的标记，如果账目已经付清，那么它也就被拿走了。在这种约法之下，我想，倘使有人把这茶托子悄悄地带走，白吃一次茶，叫他无证可据，倒是一件歹人的喜事哩。好在这种歹人或许并没有，否则真是“防不胜防”了。不过把三种茶客比较起来，后两种的信用在茶房的眼中恐怕总不会比上第一种的：他们用宜兴壶泡茶，而壶底下压根儿也不曾有过一个什么壶托子的。

虽然是茶馆，但变相的也可以算作一个商场。吃的东西有干丝、面、舌头形样的烧饼、糖果、纸烟……用的东西有裤腰带、毛刷子、捶背的皮球、孩子们的玩具……还有，那一只一只黝黑的手，伸到你的面前，不是卖的，你拿一个铜元放在那手的中心，它便微颤着缩回去了，你愿意顺着那只手看到他的脸么？你将看见了什么呢？正是当着你的所谓“茶余饭后”，那一道一道从枯瘪了的眼睛里放射出来的饥饿的光芒！你诅咒他么？你也知道他在诅咒着谁么？……

有一次，有一个人问我要不要好货，说着，他小心翼翼地打开一个提箱，提箱里又是几个包来包去的包儿，结果拿出了一副一副的眼镜子。

“你看，真水晶，平光，只卖十二块钱一副，再公道没有了。”

他看我不作声，眼睛不住地盯着他，知道我的眼睛不像戴眼镜的样子，转身又走了。眼镜卖到茶馆里来，我感觉到上茶馆仿佛是一件颇需明察的事了。

卖眼镜的既有，还可惜没有看见人来镶牙。

其次，卖印着女人们大腿的画报特别多；卖耳挖的也特别多。

在茶馆里最好懂得当地人的话，留心一点旁人的举止，对于自己也是有乖可学的。有一次一个邻座的茶客噜噜嗦嗦说：

“……太难了，鼻子怎么也不能大似脸的；鼻子还能大似脸吗？”

此后，我知道茶资七分，小账顶多也过不去七分了。茶房历来是贪多无厌，我心里已经记住了这样的俏皮话，将来足可以对茶房如法炮制了。

好在我也不想喝他们的宜兴壶或大红盖碗，我这个茶客是可有可无，算不上数；不过要真的把鼻子逞得像脸那么大，甚至于比脸还大时，我想那宜兴壶和红盖碗在茶房眼光中又是可有可无，算不上什么了——他们自然而然地会把你标志上第一、二种的好主顾，把那紫泥壶和红盖碗端在你的面前了。

如果不走这条捷径的话，我想等吧，那时候我将有着长白的胡须，或者也可以给他们写上一两块新鲜的横额了？

茶话

/ 周瘦鹃

茶，是我国的特产，吃茶也就成了我国人民特有的习惯。无论是都市，是城镇，以至乡村，几乎到处都有大大小小的茶馆，每天自朝至暮，几乎到处都有茶客，或者是聊闲天，或者是谈正事，或者搞些下象棋、玩纸牌等轻便的文娱活动，形成了一个公开的群众俱乐部。

茶有“茗”“荈”“槚”几个别名。据《尔雅》说，早采者为茶，晚取者为茗，荈和槚是苦茶。吃茶的风气始于晋代。晋人杜育，就写过一篇《荈赋》，对于茶大加赞美；到了唐代，那就盛行吃茶了。

茶树的干像瓜芦，叶子像栀子，花朵像野蔷薇，有清香，高一二尺。江苏、浙江、福建、安徽各省，都是茶的产地，如碧螺春、龙井、武夷、六安、祁门等各种著名的绿茶、红茶，都是我们所熟知的。茶树都种于山野间，可是喜阴喜燥，怕阳光怕水，倘不施粪肥，味儿更香，绿茶色淡而香清，红茶色香味都很浓郁，而味带涩性。绿茶有明前、雨前之分，是照着采茶的时期而定名的，采于清明节以前的叫作明前，采于谷雨节以前的叫作雨前，以雨前较为名贵。茶叶可用花窨，如茉莉、珠兰、玫瑰、木樨、白兰、玳玳都可以窨茶，不过花香一浓，就会冲淡茶香，所以窨花的茶叶，不必太好，上品的茶叶，是不需要借重那些花的。

吃茶有什么好处，谁也不能肯定。茶可以解渴，这是开宗明义第一章，有的人说它可以开胃润气，并且助消化，尤以红茶为有效。可是卫生家却并不赞同，以为茶有刺激神经的作用，不如喝白开水有润肠利便之效。但我们吃惯了茶的人，总觉得白开水淡而无味，还是要去吃茶，情愿让神经刺激一下了。

唐朝的诗人卢仝和陆羽，可说是我国提倡吃茶的有名人物，昔人甚至尊之为“茶圣”。卢仝曾有一首长歌，谢人寄新茶，其下半首云：“……柴门反关无俗客，纱帽笼头自煎吃。碧云引风吹不断，白花浮光凝碗面。一碗喉吻润；两碗破孤闷；三碗搜枯肠，惟有文字五千卷；四碗发轻汗，平生不平事，尽向毛孔散；五碗肌骨清；六碗通仙灵；七碗吃不得也，惟觉两腋习习清风生。”夸张吃茶的好处，写得十分有趣；因此“卢仝七碗”，也就成了后人传诵的佳话。陆羽字鸿渐，有文学，嗜茶成癖，著《茶经》三篇，原原本本地说出茶之原、之法、之具，真是一个吃茶的专家。宋朝的诗人如苏东坡、黄山谷、陆放翁等，也都是爱茶的，他们的诗集中有不少歌颂吃茶的作品。

制茶的方法，红绿茶略有不同，据说要制红茶时，可将采下的嫩叶，铺满在竹席上，放在阳光中曝晒，晒了一会，便搅拌一会，等到叶子晒得渐渐地萎缩时，就纳入布袋揉搓一下，再倒出来曝晒，将水分蒸散，再装在木箱里，一层层堆叠起来，重重压紧，用布来遮在上面，等到它变成了红褐色透出香气来时，再从箱里倒出来晒干，然后放在炉火上烘焙。经过了这几重手续，叶子已完全干燥，而红茶也就告成了。制绿茶时，那么先将采下的嫩叶放在茶笼里蒸一下，或铁锅上炒一下，到它带了黏性而透出香气来时，就倒出来，铺散在竹席上，用扇子把它用力地扇，扇冷之后，立即上炉烘焙，一面烘，一面揉搓，叶子就逐渐干燥起来。最后再移到火力较弱的烘炉上，且烘且搓，直到完全干燥为止，于是绿茶也就告成了。

过去我一直爱吃绿茶，而近一年来，却偏爱红茶，觉得酽厚够味，在绿茶之上；有时红茶断档，那么吃吃洞庭山的名产绿茶碧螺春，也未为不可。

在明代时，苏州虎丘一带也产茶，颇有名，曾见之诗人篇章。王世贞句云：“虎丘晚出谷雨后，百草斗品皆为轻。”

徐渭句云："虎丘春茗妙烘蒸，七碗何愁不上升。"

他们对于虎丘茶的评价，都是很高的。可是从清代以至于今，就不曾听得虎丘产茶了。幸而洞庭山出产了碧螺春，总算可为苏州张目。碧螺春本来是一种野茶，产在碧螺峰的石壁上，清代康熙年间被人发现了，采下来装在竹筐里装不下，便纳在怀里，茶叶沾了热气，透出一阵异香来，采茶人都嚷着"吓杀人香"。原来"吓杀人"是苏州俗话，在这里就是极言其香气的浓郁，可以吓得杀人的。从此口口相传，这种茶叶就称为"吓杀人香"。康熙南巡时，巡抚宋荦以此茶进献，康熙因它的名儿不雅，就改名为"碧螺春"。此茶的特点，是叶子都蜷曲，用沸水一泡，还有白色的细茸毛浮起来。初泡时茶味未出，到第二次泡时呷上一口，就觉得"清风自向舌端生"了。

从前一般风雅之士，对于吃茶称为"品茗"，原来他们泡了茶，并不是一口一口地呷，而是像喝贵州茅台酒、山西汾酒一样，一点一滴地在嘴唇上"品"的。在抗日战争以前，我曾在上海被邀参加过一个品茗之会。主人是个品茗的专家，备有他特制的"水仙""野蔷薇"等茶叶，并且有黄山的云雾茶，所用的水，据说是无锡运来的惠泉水，盛在一个瓦铛里，用松毛、松果来生了火，缓缓地煎。那天请了五位客，连他自己一共六人。一只小圆桌上，放着六只像酒盅般大的小茶杯和一把小茶壶，是白地青花瓷质的。他先用沸水将杯和壶泡了一下，然后在壶中满满的放了茶叶，据说就是“水仙”。瓦铛水沸之后，就斟在茶壶里，随即在六只小茶杯里各斟一些些，如此轮流地斟了几遍，才斟满了一杯。于是品茗开始了，我照着主人的方式，啜一些在嘴唇上品，啧啧有声。客人们赞不绝口，都说“好香！好香！”我也只得附和着乱赞，其实觉得和我们平日所吃的龙井、雨前是差不多的。听说日本人吃茶特别讲究，也是这种方式，他们称为“茶道”，吃茶而有道，也足见其重视的一斑。我以为这样的吃茶，已脱离了一般劳动人民的现实生活，实在是不足为训的。

茶坊哲学

/ 范烟桥

江浙之间多茶坊，大约还是南宋时始盛。一般人以为废时失业，就是吃茶人也自以为无聊消遣，可是就我观察，却大不其然，吃茶不能说完全无益，可以引“博弈犹贤”的话来解嘲。

譬如约朋友，不惯信守时间的中国人，往往约在上半天来访的，等到晚上还不见光降。倘然约在茶坊里，先到的可以品茗静待，不至枯坐寂寞。有时只约了甲，却连带会遇见了乙丙诸人，岂不便利。

苏州的茶坊，可以租看报纸，大报一份只需铜圆四枚，小报一份只需铜圆一枚，像现在报纸层出不穷，倘然多看几份，每月所费不赀，到了茶坊，费极少的钱，可以看不少的报纸，岂不便宜合算。

还有许多新闻，是报纸所不载的，我们可以从茶客中间听到。尤其是在时局起变化的时候，可以听到许多足供参考的消息，比看报更有益。单就吴苑讲，有当地的新闻记者，有各机关的职员，他们很高兴把得到的比较有价值的消息，公开给一般茶客的。

茶坊又是常识的供应所，因为茶客品类复杂，常有各种专门的经验，在谈话时发挥出来。我们平时要费掉许多工夫才能知道的，在茶坊可以“不劳而获”。所以图书馆是百科大学，茶坊是活的图书馆。

茶客的品性，当然各如其面，至不一律，倘然以人为鉴，可以增进我们的道德。譬如吝啬的人，吃了几回茶，至少可以慷慨一些。迂执的人，吃了几回茶，至少可以旷达一些。

中国太缺少娱乐了，一天工作辛苦，没有片刻的娱乐，精神上何等苦痛。像都市里，只有赌嫖烟等有害无益的消遣，非但不能得到安慰，反而增加了烦恼。至于吃茶，那是绝对没有什么损害的。往往受了委屈，到了茶坊，和几个茶友谈天说地了好一会，顿时可以把苦闷全丢到爪哇国去。因为茶坊里除掉为了争执来吃讲茶的以外，大多数脸上总是浮起一点笑意的。

倘然要知道些市面，也不能不到茶坊里坐坐。这几天蟹卖多少钱一两？美丽牌香烟哪一家贱一个铜圆？哪里的牛奶最好？甚至什么地方有什么特产？这时候有什么时鲜东西？都能从茶客谈话中听到。尤其是商店大廉价，何种的确价廉物美？

何种不过是欺人之术？听了可以不至上当吃亏。

再进一步说，尽有许多学问，也可以在茶坊中增进的。因为有许多学者，也常到茶坊里来的。像某字应作何音？某种应酬文字应如何称呼？某人的作品如何？某人的主义如何？某人最诚恳可以为友，某人最宏博可以为师，人物的衡鉴，也在茶客的嘴上。

现在的物质享用，可算得日新月异而岁岁不同了。时常有茶客，把新见到的器物，介绍给茶友，比走到商店里去采办，更多一点实验的机会。小而言之，可以知道什么牌子的东西来得经久耐用？怎样用法可以事半功倍？

最关重要的是一个问题的发生，倘然在自己家里一时不容易解决，可以到茶坊，和茶友去商榷。因为日常相见的茶友，总是很热忱的，很肯发表意见的。倘然身体上有些小毛病，要打听些“单方”，更是便当，几个茶客，可以凑成一部万宝全书的。

这个年头，正是多事之秋，吃官司是家常便饭，那么这个法律顾问，也可以向茶客中义务委任的。因为有许多律师，常到茶坊来休息，有什么问题，可以不费一文谈话费， 而向他们请教的。

假使是失业者，没有门路可走，正宜常到茶坊，拣有势力有权威的茶友，和他接近。好在茶坊里是一切平等的，到他们家里，说不定要挡驾，到茶坊里，是不能避而不见的。即使此法不行，还有出路可寻。哪里正在物色何种人物？哪里快要辞去何人？何人和某公司接近？何人和某机关的头脑熟识？何项位置有多少薪水？何项职务最有进展希望？差不多职业指导所就在那里。

我不知道别处茶坊有没有这种情形？可是我在苏言苏。凡是常到吴苑喝茶的，都能首肯，许为名言。至于证例，多不胜举，恕不絮聒了。

苏州人还有一个奇异的名词，唤作“茶馆上谕”，意思是说，茶坊里有一种不可思议的舆论，去比评一桩事件，比报纸的社论，法院的判决书，还要有力。某人说过，倘然袁世凯常到吴苑来听听茶馆上谕，决不会想做洪宪皇帝的。尽有十恶不赦的人，会给茶馆上谕申诉得服服帖帖的。因为十目所视，十手所指，他不能不内疚神明啊。

政客的论调，是偏激的，有背景的。独有茶馆上谕是公平的，是没有作用的，所以在茶馆上谕里，可以保存一点真是非。

以上都是从好的一方面说，凡事有好必有坏，不过好坏还在自择，难道不吃茶的人，不干坏事的么？不过这些话，够不上称哲学，要请哲学家原谅的。

茶食店

/ 萧红

黄桷树镇上开了两家茶食店，一家先开的，另一家稍稍晚了两天。第一家的买卖不怎样好，因为那吃饭用的刀叉虽然还是闪光闪亮的外来品，但是别的玩意不怎样全，就是说比方装胡椒粉那种小瓷狗之类都没有，酱油瓶是到临用的时候，从这张桌又拿到那张桌的乱拿。墙上什么画也没有，只有一张好似从糖盒子上掀下来的花纸似的那么一张外国美人图，有一尺长不到半尺宽那么大，就用一个图钉钉在墙上的，其余这屋里的装饰还有一棵大芭蕉。

这芭蕉第一天是绿的，第二天是黄的，第三天就腐烂了。

吃饭的人，第一天彼此说“还不错”，第二天就说苍蝇太多了一点，又过了一两天，人们就对着那白盘子里炸的两块茄子，翻来覆去地看，用刀尖割一下，用叉子去叉一下。

“这是什么东西呢，两块茄子，两块洋山芋，这也算是一个菜吗？就这玩意也要四角五分钱？真是天晓得。”

这西餐馆只开了三五日，镇上的人都感到不大满意了。

这二家一开，那些镇上的从城里躲轰炸而来住在此地的人和一些设在这镇上学校或别的办公厅的一些职员，当天的晚饭就在这里吃的。

盘子、碗、桌布、茶杯、糖罐、酱醋瓶，连装烟灰的瓷碟，都聚了三四个人在那里抢着看……这家与那家的确不同，是里外两间屋，厨房在什么地方，使人看不见，煎菜的油烟也闻不到，墙上挂着两张画像是老板自己画的，看起来老板颇懂艺术……并且刚一开业，就开了留声机，这留声机已经好几个月没有听过了。从“五四”轰炸起，人们来到了这镇上，过的就是乡下人的生活。这回一听好像这留声机非常好，唱片也好像是全新的，声音特别清楚。

一个汤上来了，“不错，真是味道……”

第二个是猪排，这猪排和木片似的，有的人就你看看我，我看看你，想要对这猪排讲点坏话。可是那唱着的是一个外国歌，很愉快，那调子带了不少高低的转弯，好像从来也未听过似的那样好听，所以便对这硬得味道也没有的猪排，大家也就吃下去了。

奶油和冰淇淋似的，又甜又凉，涂在面包上，很有一种清凉的气味，好像涂的是果子酱；那面包拿在手里不用动手去撕就往下掉着碎末，像用锯末做的似的。大概是和利华药皂放在一起运来的，但也还好吃，因为它终究是面包，终究不是别的什么馒头之类呀！

坐在这茶食店的里间里，那张长桌一端上的主人，从小白盘子里拿起账单看了一看。

共统请了八位客人，才八块多钱。

“这不多。”他说，从口袋里取出十元票子来。

别人把眼睛转过去，也说：

“这不多……不算贵。”

临出来时，推开门，还有一个顶愿意对什么东西都估价的，还回头看了看那摆在门口的痰盂。他说：“这家到底不错，就这一只痰盂吧，也要十几块钱。”（其实就是上海卖八角钱一个的）

这一次晚餐，一个主人和他的七八个客人都没吃饱，但彼此都不发表，都说：

“明天见，明天见。”

他们大家各自走散开了，一边走着一边有人从喉管往上冲着利华药皂的气味，但是他们想：“这不贵的，这到底不是西餐吗！”而且那屋子多么像个西餐厅的样子，墙上有两张外国画，还有瓷痰盂，还有玻璃杯，那先开的那家还成吗？还像样子吗？那买卖还成吗？

他们脑筋闹得很忙乱回家去了。

上海的茶楼

/ 郁达夫

茶，当然是中国的产品，《尔雅》释槚为苦茶，早采为茶，晚采为茗。《茶经》分门别类，一曰茶，二曰槚，三曰蔎，四曰茗，五曰荈。《神农食经》，说“茶茗宜久服，令人有力，悦志”。华佗《食论》，也说“茶久食，益意思”。因此中国人，差不多人人爱吃茶，天天要吃茶；柴、米、油、盐、酱、醋、茶，至将茶列入了开门七件事之一，为每人每日所不能缺的东西。

外国人的茶，最初当然也系由中国输入的奢侈品，所谓梯、泰（Tea，The）等音，说不定还是闽粤一带土人呼茶的字眼。日记大家 Pepys[①] 头次吃到茶的时候，还娓娓说到它的滋味性质，大书特书，记在他的那部可宝贵的日记里。外国人尚且推崇得如此，也难怪在出产地的中国，遍地都是卢仝、陆羽的信

① 即塞缪尔·佩皮斯。

徒了。

茶店的始祖，不知是哪个人；但古时集社，想来总也少不了茶茗的供设；风传到了晋代，嗜茶者愈多，该是茶楼酒馆的极盛之期。以后一直下来，大约世界越乱，国民经济越不充裕的时候，茶馆店的生意也一定越好。何以见得？因为价廉物美，只消有几个钱，就可以在茶楼住半日，见到许多友人，发些牢骚，谈些闲天的缘故。

上面所说的，是关于茶及茶楼的一般的话；上海的茶楼，情形却有点儿不同，这原也像人口过多，五方杂处的大都会中常有的现象，不过在上海，这一种畸形的发达更要使人觉得奇怪而已。

上海的水陆码头，交通要道，以及人口密聚的地方的茶楼，顾客大抵是帮里的人。上茶馆里去解决的事情，第一是是非的公断，即所谓吃讲茶；第二是拐带的商量，女人的跟人逃走，大半是借茶楼为出发地的；第三，才是一般好事的人的去消磨时间。所以上海的茶楼，若没这一批人的支持，营业是维持不过去的；而全上海的茶楼总数之中，以专营业这一种营业的茶店居五分之四；其余的一分，像城隍庙里的几家，像小菜场附近的有些，才是名副其实，供人以饮料的茶店。

譬如有某先生的一批徒弟，在某处做了一宗生意，其后更有某先生的同辈的徒弟们出来干涉了，或想分一点肥，或是牺牲者请出来的调人，或者竟系在当场因两不接头而起冲突的诸事件发生之后，大家要开谈判了，就约定时间，约定伙伴，一家上茶馆里去。这时候，参集的人，自然是愈多愈好，文讲讲不下来，改日也许再去武讲的；比他们长一辈的先生们，当然要等到最后不能解决的时候，才来上场。这些帮里的人，也有着便衣的巡捕，也有穿私服的暗探，上面没有公事下来，或牺牲者未进呈子之先，他们当然都是那一票生意经的股东。

这是吃讲茶的一般情形，结果大抵由理屈者方面惠茶钞，也许更上饭馆子去吃一次饭都说不定。至于赎票、私奔，或拐带等事情的谈判，表面上的当事人人数自然还要减少；但周围上下，目光炯炯，侧耳探头，装作毫不相干的神气，或坐或立地埋伏在四面的人，为数却也绝不会少，不过紧急事情不发生，他们就可以不必出来罢了。从前的日升楼，现在的一乐天、仝羽居、四海升平楼等大茶馆，家家虽则都有禁吃讲茶的牌子挂在那里，但实际上顾客要吃起讲茶来，你又哪里禁止得他们住。

除了这一批有正经任务的短帮茶客之外，日日于一定的时间来一定的地方做顾客的，才是真正的卢仝、陆羽们。他们大抵是既有闲而又有钱的上海中产的住民；吃过午饭，或者早晨一早，他们的两只脚，自然走熟的地方走。看报也在那里，吃点点心也在那里，与日日见面的几个熟人谈推背图的实现，说东洋人的打仗，报告邻居右一家小户人家的公鸡的生蛋也就在那里。

物以类聚，地借人传，像在跑马厅的附近，城隍庙的境内的许多茶店，多半是或系弄古玩，或系养鸟儿，或者也有专喜欢听说书的专家茶客的集会之所。像湖心亭、春风得意楼等处，虽则并无专门的副作用留存着在，可是有时候，却也会集茶客的大成，坐得济济一堂，把各色有专门嗜好的茶人尽吸在一处的。

至如有女招待的吃茶处，以及游戏场的露天茶棚之类，内容不同，顾客的性质与种类自然又各别了。

上海的茶店业，既然发达到了如此的极盛，自然，随茶店而起的副业，也要必然地滋生出来。第一，卖烧饼、油包，以及小吃品的摊贩，当然是等于眉毛之于眼睛一样，一定是家家茶店门口或近处都有的。第二，是卖假古董、小玩意的商人了，你只要在热闹市场里的茶楼上坐他一两个钟头，像这一种小商人起码可以遇见到十人以上。第三，是算命、测字、看相的人。第四，这总算是最新的一种营养者，而数目却也最多，就是航空奖券的推销员。至如卖小报、拾香烟蒂头，以及糖果香烟的叫卖人等，都是这一游戏场中所共有的附属物，还算不得上海茶楼的一种特点。

还有茶楼的夜市，也是上海地方最著名的一种色彩。小时候在乡下，每听见去过上海的人，谈到四马路、青莲阁、四海升平楼的人肉市场，同在听天方夜谭一样，往往不能够相信。现在因国民经济破产，人口集中都市的结果，这一种肉阵的排列和拉撕的悲喜剧，都不必限于茶楼，也不必限于四马路一角才看得见了，所以不谈。

广东的茶馆

/ 英弟

一

吃喝都是广东人的特长，而尤以喝茶一项，除了广东人就没有人懂得其中可贵的地方。

在广东，无论城、市、乡、镇、墟、集，都至少有一间或一间以上卖茶的铺子。大概说来，每五百人口就需要一间茶馆，假如某地方的人口四千，那就非得有四间的茶铺子不够供应。

以广州而论，卖茶的铺子大小就有三百多家，在广州商场上占一重要的位置，每年营业额跟米行不相伯仲。最近闹的一次劳资纠纷，把内容完全揭出来，原来区区一间茶馆，其组织却比百货公司还要复杂，工作人员的分类和所订的服务规则，竟完全适合“科学管理法”。其次资本家方面有“公会”，工人方面有“工会”，都是组织很严密的。

开茶铺很不容易。先就资本说，开手就非四五十万元不办。因为多数是一个“托拉斯”，下面拥有几间大茶楼和好些小茶馆以及几间材料供给处。他们把馆子妥配几处繁盛地带，组成功一个网样的经营，就广州而言，倒如“东如”“西如”“南如”“惠如”等属一公司，“巧如”“品如”“泉心”等另外又属一公司。其余像“雪来阁”“占元阁”“元香阁”等三“阁”，或是“中山”“龙山”“金山”“香山”等四“山”。也有把几十万资本通放在一间馆子的，例如“吉祥”和“涎香”是。

另外做生意的手腕，工人的管理，内部之改良等，若非混得烂熟，这种生意是不好尝试的。

二

分析来说，广东的茶馆可分三等。

一种是下级的，叫“二厘馆”。“二厘馆”的命名，由来已久，因这些地方卖的东西，一律每件二厘银子，（这就以前说，目下当然不止此数）是专门供给那些贩夫走卒们吃喝的地方。铺子是平房，里面摆满了桌子椅子，陈设零乱，地方污足，装潢更不必提。“二厘馆”最大的特点，就是把厨房设在门口，以为招徕工具。走过这种馆子，门口总是乌烟瘴气，一股儿的油臭味，里面是模糊的人影骚动和凌乱嘈杂的人声而已。招牌是小小的一块，多是黑底金字或黑底红字，随便挂在一个当中的地方，不是给煤烟弄坏了，就是挂得太高，很难使人看得清楚。好在到这里来的人都是一定的，附近的工人，或是每日必经的顾客，他们都不必费心找。这种馆子卖的东西特别便宜，多以饱饺、烧卖、粉面及油器为生，只论多、大；精粗美恶，一概不管。可是味道却不能差，广东人就有这一种本领，顶能辨别食物的味道。

另一种是高等的，名叫“茶楼”。因为是“楼”，所以房子最少得有两层，而三层四层是很多的。“茶楼”讲究的是门面装饰，单这一项，每就花上好几千银子，装潢以耀目为主，花饰多为龙、凤、山水人物等，颜色用“朱红”“金黄”“翠绿”几种。其次注意家私。家私的材料必须广东特产的“酸枝”木，据说这种木是冬暖夏凉的，而且地方要通爽、光亮，比较整洁。一进门，迎头就是一块顶大的招牌，由名书家题上“××楼”三个大字。两边挂红，好不惹眼。进门是一间大堂，顶大顶大的，左边柜台，右边一把大扶梯，足够四个人并肩齐走。普通楼下不卖座，二楼茶价最低，三楼较高，四楼更高，一句话，楼愈高则茶价愈贵。而每层楼又有前座后座之别，大抵前座近马路，可以看人来人往，后座少了一面窗，所以价钱也便宜，但卖的点心食物，却是一律价钱，不分彼此，食品最低二分四厘起码，以至一元几角不等，多是半毛小洋。来喝茶的九流三教，不比“二厘馆”专靠贩夫走卒。

第三种是新兴的，叫“茶室”，因为是“室”，所以里面多是一间一间的小房子，通设在二楼，没有铺面。招牌挂在扶梯顶上，名字儿顶那个，什么“兰苑”“陆园”“亦山”“桃苑”“白金龙”“五月花”，一时也说不了。招牌不大，但讲究，不是玻璃的便是白铜的，也有用树皮，用士敏土的，也有装上霓虹管的。茶价贵得可以，起码八分，外加香巾费，酱醋费，瓜子儿，总共每人至少先花上一角五分左右，小账另计。卖的东西比茶楼还要精细，每星期更换一次，叫“星期美点”，价钱一角小洋起码。房间里面的家私，名贵得很。地方更加清洁，招呼格外留心。有一家顶阁的，一间房子里面的家私，就值六百多，沙发椅，铜台灯，江西茶具，象牙筷子，冬天电暖炉子，夏天电风扇子，叫人用电铃，吸烟用电自由火，一切一切都舒服极了，不过就是价钱贵一点儿。可是这并不相干，光顾的尽是政客、阔佬、公子小姐；普通的人，除了有特别用意外，不敢光顾。

前面所说的三种茶馆，却不同属于一个“同业公会”的。“二厘馆”和“茶楼”属“茶居公会”，“茶室”隶属于“酒楼茶室同业公会”，不相合作。

前者的工人有“工会”，后者没有。听说近来后者很能赚钱，所以“茶室”目下是愈来愈多了。

三

上茶馆的时间每日是早午晚三趟。但各铺子开门做买卖的时间却不一定。有在午前四点开市，是一些专做工人和小贩生意的。也有正午十二点才开市，却一直到晚上十二点的。普通是早上六点至十点算早市，正午十二点至四点算午市，晚上七点至十二点算夜市。

茶楼的规矩跟茶室很不相同。

点心之类的东西，茶楼是派伴当轮流拿到人客面前任择的，卖点心的边行边喊，所以茶楼很嘈杂；要是想吃饺子，只好等叫“饺子”的上来才有处买，急不来的。茶室则不然，预先把点心名字价钱印好，客人想吃什么随时告诉跑堂即随时送来，非常便利。

喝茶的时候，规矩不少，茶楼顶讲究这个，不能犯上。譬如把一盅茶喝完了，在茶楼，只需把盖子揭去，跑堂的经过看到了，自然给你加上开水，然后再由自己把盖子盖回，可不能乱喊“伙计，开水！”的。这个上茶楼的都晓得，从没有人出花样。假如真有乡老犯了这毛病，任你如何喊他，跑堂的总不会给你加上开水，这是最重要的一点。反过来，“茶室”的跑堂到相当时候自然会进房子加开水，用不着费心，就是喊他，他也乐意。少麻烦。

时候到了一定要离开茶楼，规矩是把他自己的东西检齐，就可走向柜上，准备结数，不必招呼伙计，他自然会赶着给你计好。常常你不会走到柜上，数目已经算好喊出去，这时你会佩服他们加法的本领。可是喊出去的数目，并不以通用银圆为单位。而是以净银计，小洋一角值银七分二厘。这个数目很难算，比方喊“一钱八分！”那就得是二毛半小洋。不会算，没关系，当掌柜的除法也很可以，不假思索地就告诉你那是几角几个铜板，万不会错。同时因为台子没有号数，有时候几张台子的客人同时离开，怎办呢？伙计便把客人做标识，什么“三个人开来……”“大细人（父子俩适用）开来……”等等。爱掉巧儿的，就把“礼拜”代表“七”的数目，因为一礼拜是“七”天；把“揸住”代表“五”的数目，因为“揸”是用“五”只手指。因此，在茶楼喝茶，常常听到些什么“大细人开来，一钱礼拜揸住！”等不明不白的话了。

再说，茶室就不兴这些个，一点也没有。账单上开得清清楚楚，后面写的是几元几角几分，由跑堂的用银盘送上，代你找账。不过，小费也得照例掉多少。

二者比较，茶室较茶楼舒服，明白，少麻烦，清楚；可是不便宜。我爱上茶楼，因为真正喝茶的艺术，广东茶馆的特有风味，在茶室就无从领略。现代化的茶室，丝毫没有值得赞赏的地方的。

四

每天茶馆，都有它特殊的顾客。贩夫走卒，买卖经纪，大官儿，小官儿，玩雀鸟的，赛象棋的，当教员的，都各有日常聚集的一定铺子。其余太太小姐，娼妓歌伶，也多拣一两间顶贵族化的茶室消遣。也有专门给人家介绍侍妾见面的馆子，这在不久以前，还给公安局干涉过。

一句话，广东人的日常生活，商场交易，国家大事，以至青年男女的恋爱进行，哪一件不在茶馆内解决。朋友两分别了，若还有些未了之事待商，往往都是说："明天 ×× 见！"这个 ××，便是一间茶馆的名字。

到茶馆的人有三种。第一种是专为消闲而来，简直是成了习惯，每日非三次到老地方坐上个把钟头不会舒服；到时毫无聊赖，喝一杯茶，翻翻日报，吃两件点心儿，也就完事；这叫老茶客。

第二种是有为而来，或是跟朋友商量一件事，或是明买明卖，或是串同舞弊，不一。在茶馆内商量事体，少有不成功的。

第三种是专为吃东西而来，以青年学生居多。来时气冲冲，一坐下，来不及喝茶，便找东西吃，卖东西经过，包子一吃十笼，饺子起码二十碟，有来必取，乱了一阵子，十分钟内肚饱而去。这比较少见。广东人朋友碰到了，第一句话是：“到哪儿？”接着看手表，如果不太晚，则第二句必是：“喝茶去！”于是彼此同意，到了茶馆再说别的。

平日，你可别想看得出广东人的脾性，可是一到了茶馆，说也奇怪，他们真性便流露出来，什么秘密也会从此泄露。茶馆也是谣言制造所、秘密广播台，多少政客和投机分子，利用这些地方达到目的，得到不少好处。

如果有空，请坐到茶馆里去静看，则世事人心，无不看出。就是漫画家到了这间所在，也只有不知所措。

茶馆是广东人的命根，没有它，我担心广东人不知道要怎样！

广州的茶点

/ 王文元

时间真是个奇怪的东西。无论是悲哀或是快乐，当其时，总觉得没有什么意思吧；但是，一经了它的冲刷，一切都可以变成为甜蜜的梦。

当初独自两手空空地跑到广州，见过温州洋中的险浪，厦门口外的渔船，香港山上繁密的灯火，黄花岗下夕阳里的坟墓：那时，但觉得无味，引动愁绪。险浪使我心底震撼，渔船象征了我的命运，繁密的灯火为我更衬出了海天的黑暗，夕阳荒冢惹起了我身世的悲凉。然而时过境迁，我做梦也似的又回到北京的小胡同里。有时东奔西走得疲倦了，倒在藤椅中闭紧了眼睛回想起来，一切都入了画境、梦境、诗境，就是那一脸横肉的旅店主人，扣住了我的行李，打起广东官话对我说“不行，一共五块钱，三天一算是我们的规矩……”的一幕， 当初我在肚里暗哭，但现在想来，他也已变成了戏剧中的犹太人，只觉得他凶狠得可笑！

讲到在回忆中觉得最津津有味的，当然要推广州的茶点了。加之在北京连极坏的饽饽都吃不起，所以更使我时时想念到它。现在姑且把它写出一点来罢，也算是“画饼充饥”的意思。

谁想得到呀，在“赤化”了的地方竟会有如许的清闲？如果一个人从没到过那边的，凭了他的“直觉”想来，也许要以为广州的一切都是热的忙的罢。不错，广州的确是比各处来得热些忙些；但同时它那里的清闲处，也远非“白化”了的“首善之区”所能及的。

广东人爱艺术的天性，也许是谁都知道的。他们的日常生活，差不多也有点艺术化的了。广州人就是连吃饭都似乎有“趣味”的成分，他们每天只吃两顿饭，一餐在上午九时左右，一餐在下午三四点光景。至于早上、午后、晚上这三个正是我们江浙地方吃饭的时候，他们却吃茶点。

初到广州的人，最惹得注目的，除了长堤一带大洋楼之外，大概就是这些茶室（注意，并不是北京胡同里的那种）了。它那建筑极讲究，类系高大漂亮的房子，式样是中西合璧的，西式的外形而饰以狭长雕花的玻璃窗，内中的器具差不多全是洋式的，桌子上都是大理石面，陈设颇整齐清洁，有西湖上之别墅风。茶市每日三次，非市时吃客很少的；但一到市时，则携烟筒、拖木屐，各式各样的人都来了，而尤其是工人模样的为多。

茶资便宜之极。起初我不知道，只是徘徊门侧不敢进去，进而复出者有好几次，每回总是怕钱不够。后来还是跟了一个熟人才进去的。我一共吃过三处，构造布置，大同小异，楼是一统的，唯暗中分数厅，每厅墙上均有木牌标出“三分厅”“四分厅”等字样。若在三分厅坐下，则好碗（用有盖的茶碗，不用茶壶）三分（小洋），桌面上放有各色的点心及瓜子，均盛于小碗中，我有一次一连吃了五碟， 茶则一喝即尽。伙计对我似乎有点奇怪的样子，心想“哪里来的外江佬”？我时而环顾左右的几位善喝茶者，见他们茶则一口一口地吸，瓜子则一颗一颗地咬，前后的时距是很长的。至于他们吃那圆的月形饼，则月半到三十，大概起码也要一刻钟。我想这种地方，如果请岂明先生去，定能胜任而愉快的，我则太无“生活的艺术”了。然而，尽量的大嚼，亦殊别有风味。

点心的种类多极，大概已经是东西“文明”的混合物了。早晨普通吃的是早茶饼，薄而圆的，中有“早茶饼”三字，味不坏，价亦便宜。唯我最喜欢的是油酥饺及一种不知名的油煎的咸味的圈子饼。油酥饺与江浙的略有不同，形小而皮张较薄，分赤豆沙与绿豆沙的两种，味以绿豆沙的较美。其他的圆的方的饼儿多极，我都叫不出名字，味道大多是甜的。

除茶室之外，广州还有种甜品店，亦颇有趣。甜品中主要者有莲子汤、蛋汤、豆沙汤、蛋卤等，价极便宜而味颇适口，且陈设精雅，大率桌上搁以鲜花，无聊时随便去吃些，真是说不出的悠闲与舒服——这也许是我个人的感觉。

在繁忙的现代人中，这类调剂的地方是缺不了的。人们于剧忙之后，去找一处比较清闲些的地方来喝喝茶咬咬瓜子，这是何等需要的事呀？因之这类清闲的场所，就在比较热些忙些的广州出来了。这也许就是酒精在现代文明中起来的原因吧？

在广州二十多天，借来的三分之二的钱，多是吃了的，结果则落得一场胃病及这么一点淡淡的甜蜜的回忆。

洞庭碧螺春

/ 周瘦鹃

洞庭东西二山，山水清嘉，所产枇杷、杨梅，甘美可口，名闻天下；而绿茶碧螺春尤其特出，实在西湖龙井之上，单单看了这名字，就觉得它的可爱了。

碧螺春原是野茶，产于东山碧螺峰的石壁上，据说它的种子是由山禽衔来，掉在那里的。每年谷雨节前，山中人前去摘了茶叶，用竹筐子装回来，以作日常饮料，数十年间，并不重视。清康熙某一年，因产量特多，竹筐子装不下了，大家把多余的纳在怀中，不料茶叶受了热，发出一种异香，采茶的男女们闻到了，都说是“吓杀人香”。原来“吓杀人”是苏州的俗语，借来夸张它香气的浓郁，于是众口争传，作为茶名。从此年年谷雨节，男女们先得沐浴更衣，同去采茶，索性不用竹筐，都把茶叶纳在怀中了。清帝康熙南巡时，曾到太湖，巡抚宋牧仲买了这茶叶献上去，康熙以为“吓杀人香”这名字太俗了，就给改作碧螺春。后来地方官每年总得采办一批进贡，名为茶贡，那时因产量不多，只让独夫享受，民间是不容易尝到的。

我很爱此茶，每年入夏以后，总得尝新一下；沸水一泡，就有白色的茸毛浮起，叶多蜷曲，作嫩碧色，上口时清香扑鼻，回味也十分隽永，如嚼橄榄。清代词章家李莼客曾有《水调歌头》一阕加以品题云：

谁摘碧天色，点入小龙团？太湖万顷云水，渲染几经年。应是露华春晓，多少渔娘眉翠，滴向镜台边。采采筠笼去，还道黛螺奁。龙井洁，武夷润，岕山鲜。瓷瓯银碗同涤，三美一齐兼。时有惠风徐至，赢得嫩香盈抱，绿唾上衣妍。想见蓬壶境，清绕御炉烟。

他把碧螺春的色香和曾经进贡的一回事都写出来了。

某一年七月七日新七夕的清晨七时，苏州市文物保管会和园林管理处同人，在拙政园的见山楼上，举行了一个联欢茶话会。品茶专家汪星伯同志忽发雅兴，前一晚先将碧螺春用桑皮纸包作十余小包，安放在莲池里已经开放的莲花中间，早起一一取出冲饮。先还不觉得怎样，到得二泡三泡之后，就莲香沁脾了。我们边赏楼下带露初放的朵朵红莲，边吸着满含莲香的碧螺春，真是其乐陶陶！我就胡诌了三首诗，给它夸张一下：

玉井初收梅雨水，洞庭新摘碧螺春。昨宵曾就莲房宿，花露花香满一身。

及时行乐未为奢，携侣招邀共品茶。都道狮峰无此味，舌端似放妙莲花。

翠盖红裳艳若霞，茗边吟赏乐无涯。卢仝七碗寻常事，输我香莲一盏茶。

末二句分明在那位十足老牌的品茶专家面前骄傲自满，未免太不客气。然而我敢肯定他老人家断断不曾吃过这种茶，因为那时碧螺春还没有发现,何况它还在莲房中借宿过一夜的呢?可就尽由我放胆地吹一吹法螺了。

茶馆

/ 金受申

北京的茶馆种类很多。每日演述日夜两场评书的，名“书茶馆”。“开书不卖清茶”，是书茶馆的标语。卖茶又卖酒，兼卖花生米、开花豆的叫做“茶酒馆”。专供各行生意人集会的，名“清茶馆”。在郊外荒村中的叫“野茶馆”。在谈“书、酒、清、野”四种茶馆之前，先谈一下“大茶馆”。

大茶馆

大茶馆在清代北京曾走过红紫大运。八旗二十四固山，内务府三旗、三山两火、仓库两面，按月整包关钱粮，按季整车拉俸米。家有余粮、人无菜色，除去虫鱼狗马、鹰鹘骆驼的玩好以外，不上茶馆去哪里消遣？于是大茶馆便发达起来。高的高三哥，矮的矮三哥，不高不矮的横三哥。蒙七哥，诈七哥，小辫赵九哥，“有人皆是哥，无我不称弟”，大家都是座中常客。北京以先的大茶馆，以后门外天汇轩为最大，后毁于火，今成天汇大院，曾一度开办市场，其大可知。东安门外汇丰轩为次大。

大茶馆入门为头柜，管外卖及条桌账目。过条桌为二柜，管腰栓账目。最后为后柜，管后堂及雅座账目，各有地界。后堂有连于腰栓的，如东四北六条天利轩；有中隔一院的，如东四牌楼西天宝轩；有后堂就是后院，只做夏日买卖和雅座生意的，如阳门外荣盛轩等，各有一种风趣。

茶座以前都用盖碗。原因是：第一，品茶的人以终日清谈为主旨，无须多饮水。第二，冬日茶客有养油葫芦蟋蟀、咂嘴、蝈蝈，以至蝴蝶、螳螂的，需要暖气嘘拂。尤其是蝴蝶，没有盖碗暖气不能起飞，所以盖碗能盛行一时。在大茶馆喝茶既价廉又方便，如喝到早饭之时需要回家吃饭，或有事外出的，可以将茶碗扣于桌上，吩咐堂倌一声，回来便可继续品用。因用盖碗，一包茶叶可分两次用，茶钱一天只付一次，且极低廉。

大茶馆分红炉馆、窝窝馆、搬壶馆三种，加二荤铺为四种。

甲、红炉馆。大茶馆中的红炉馆，也像饽饽铺中的红炉，专做满汉饽饽，唯较饽饽铺做得稍小，价也稍廉。也能做大八件、小八件，大饽饽、中饽饽。最奇特的是“杠子饽饽”，用硬面做成长圆形，质分甜咸两种。火铛上放置石子，连拌炒带烘烙，当时以“高名远”所制最为有名。红炉只四处，一即高名远，在前门外东荷包巷，面城背河，是清朝六部说差过事、藏奸纳贿的所在。现在六部已无，高名远已然改成东车站停车场。二即后门天汇轩，为提督衙门差役聚会所在。三即东安门汇丰轩，别称“闻名远”（与宣武门内海丰轩的“声名远”及前面提到的“高名远”共称“三名远”）。清代灯节，此馆两廊悬灯，大家闺秀多半坐车到此观灯。四为安定门内广和轩，俗称西大院，歇业在民国十年（1921年）以后。

乙、窝窝馆。专做小吃点心，由江米艾窝窝得名，有炸排叉、糖耳朵蜜麻花、黄白蜂糕、盆糕、喇叭糕等，至于焖炉烧饼为各种大茶馆所同有的，也是外间所不能及的。

丙、搬壶馆。介于红炉、窝窝两馆之间，亦焦焖炉烧饼、炸排叉二三种，或代以肉丁馒头。

丁、二荤铺。既不同于饭庄，又不同于饭馆，并且和“大货屋子”、切面铺不同，是一种既卖清茶又卖酒饭的铺子。所以名为二荤铺，并不是因为兼卖猪羊肉，也不是兼卖牛羊肉，而是因铺子准备的原料，算作一荤，食客携来原料，交给灶上去做，名为“炒来菜儿”，又为一荤。现在硕果仅存的二荤铺，已然改了饭馆，二荤变为一荤，不炒来菜儿了。二荤铺有一种北京独有的食物，就是“烂肉面”。形如卤面，卤汁较淡而不用肉片，其他作料也不十分齐全，却有一种特殊风味。前清最有名的，除二荤铺外，要首推朝阳门外“肉脯徐”。漕运盛时，日卖一猪，借着粮帮称扬，竟能远播江南。还有西长安街西头龙海轩，也是二荤铺，北京教育界有京保之争的时候，京派（校长联席会）在此集会，所以有人别称京派为“龙海派”。

庚子[①]以前，北京大茶馆林立除上文所举，还有所谓“天泉裕顺高名远”，崇文门外永顺轩，专卖崇文门税关和花市客商。北新桥天寿轩，专卖镶黄旗满蒙汉三固山顾客。灯市口广泰轩专卖正蓝正白、镶白九固山顾客。阜成门大街天禄轩，专卖右翼各旗顾客。护国寺西口外某轩，则因柳泉居酒好，能招徕一部分食客。天寿、广泰、广和三处，因为能直接赶车入内，高等人士有车阶级，多半喜欢在天棚下饮酒下棋，所以特别兴盛一时。

书茶馆

书茶馆以演述评书为主。评书分“白天”“灯晚”两班。白天由下午三四时开书，至六七时散书。灯晚由下午七八时开书，

① 即 1900 年。——编者注

十一二时散书。更有在白天开书以前，加一短场的。由下午一时至三时，名曰“说早儿”。凡是有名的评书角色，都是轮流说“白天”“灯晚”，初学乍练或无名角色，才肯“说早儿”。不过普通书茶馆都不约早场。说评书的以两个月为一转，到期换人接演。凡每年在此两月准在这家茶馆演述的，名“死转儿”。如遇闰月，另外约人演述一月的，名“说单月”。也有由上转连说三个月的，也有单月接连下转演述三个月的，至于两转连说四个月，是很少的，那要看说书的号召力和书馆下转有没有安排好人。总而言之，不算正轨。书茶馆开书以前可卖清茶，也是各行生意人集会的“攒儿”“口子”，开书后是不卖清茶的。书馆听书费用名“书钱”。法定正书只说六回，以后四回一续，可以续至七八次。平均每回书钱一小枚铜元。

北京是评书发源地，一些评书名角，大半由北京训练出来，可是北京老听书的，也有特别经验，特别有准确耳朵。艺员一经老书客评价，立刻便享盛名。北京说书的就怕东华门、地安门，因为东华门外东悦轩和后门外一溜胡同同和轩（后改广庆轩），两处书客都极有经验，偶一说错，须受批评，以致不能发达。实在说起来，也只有东悦轩、同和轩的布置装修，才够十足的北京书馆。此外要算天桥的福海轩，因为天桥是游戏场所，不挂常客，所以任何说书的都能由福海轩挣出钱来。

茶馆里说的评书主要有这几类：

长枪袍带书 像《列国》《三国》《西汉》《东汉》《隋唐》《精忠》《明英烈》等一些带盔甲赞、刀枪架、马上交战的评书，都属于这一类。凡是武人出来的开脸、交战的架子，都千篇一律。比如黑脸人，必全身皆黑，什么“乌油盔铠，皂色缎锦征袍，坐下乌骓马，手掌皂缨枪”一类的本子。

小八件书 就是所谓公案书，也叫侠义书，像《大宋八义》《七侠五义》《善恶图》《永庆升平》《三侠剑》《彭公案》《施公案》《于公案》等，内容叙述行侠仗义、保镖护院、占山为王，以一个官员查办案件，或放赈灾民为线索，中道遇见山贼草寇、恶霸强梁，以手下侠义英雄剿灭盗贼，为公案书中主要线索。有时也插入奇情案件，用化装侦得案情，大快人心，并且增加听众智慧。像袁杰英说《施公案》的“赵璧巧摆罗圈会”“巧圆四命案”“张家寨拿鹞鹇反串翠屏山”等都极见巧思。有时书情穷尽了，必定穿插国家丢失陈设古玩、大官丢印，以及丢官、春云再展，另布新局。书情有组织的，以《七侠五义》为最好。可惜不如说清代公案书的火炽。还有《善恶图》，组织穿插都好，只是没有印本。演述的以广杰明专长，已于去年死去，现在只有阿阔群能继续他师父的盛业了。《善恶图》眼看将失传，已被各公案书窃去情节不少，如能有人写成小说，定能受欢迎。

公案书中讲究变口，如《永庆升平》的马成龙的山东口音，《小五义》徐良的山西口音，《施公案》张玉、夏天雄的南方口音，哪部公案书都有的。不过只许变这三种口音，以外的口音是不许变的。好一点说公案书的，凡书中有特性的都能学出不同声调来。像袁杰英说赵璧，杜克雄、赵元霸、阎伯涛学贺仁杰咬舌童音，十分有趣。说评书的规矩，一不许批讲文义（《聊斋志异》除外），二不许学书中人对骂的话，三遇书中有二人对话，只能以声调区分，不许用“某人说”。所以凡是善于说书的，一开口便知是学的某人。死去的评书大王双厚坪和他徒弟杨云清以及袁杰英，最能描摹书中人的个性。就是“长枪袍带书”，其中的岳飞、岳云、牛皋，也要分个清楚的。还有介于袍带公案之间的评书，如《水浒》，也有列阵开仗，也有公差办案，也有光棍土豪，也有儿女私情，是一部极不好说的书。当日双厚坪说《水浒》，武松、鲁智深、李逵的个性绝不相同，阮小二、阮小五、阮小七的三副相似而实不一样的面孔，令人听得耳目清朗。尤擅长的是说挑帘裁衣，武松杀嫂，一个“十分光”能说五天，听众没有一个愿意散书的。能继双厚坪衣钵的，只有杨云清。云清有两部书，一是《济公传》，一是《水浒》，凡听杨云清的，就是一段听几次也不烦厌，因为他抖的荤素包袱，都是随时变换，没有死包袱的。过去说公案书的，以潘诚立、田岚云最得书座赞许，享了一世盛名。过去说公案书的，以群福庆的《施公案》《于公案》最好，有“活黄天霸”的别称。凡是想听书过瘾的，最好是听群福庆，尤其后套《施公案》前套《于公案》，常应听众特烦，享了四十年大名。群福庆的徒弟不少，都是“荣”字，能得他神髓的，只有一个张荣玖。还有一个间接徒弟廷正川，能传他的《于公案》。以外说公案书较比不错的，海文泉可以算一个，中年时很能叫座儿，能说《济公传》《永庆升平》，每到一转儿完了的末两日，必要特别加演“逛西庙”（护国寺）“断国服”“大改行”，比现在相声强多了。

神怪书 有内丹图《西游》、外丹图《封神榜》《济公传》几种。说《西游》的是道门评书，创兴才几十年，共传“永、有、道、义”四代。说书时打渔鼓，卖沉香佛手饼。我听过李有源和他徒弟奎道顺以及奎道顺的徒弟邢义儒、什义江说的《西游》。到奎道顺时免去渔鼓，到“义”字辈时连沉香佛手饼都不做了。李有源以“活猴”出名，奎道顺以“活八戒”出名。我在幼年很中了许多日子的《西游》迷。因为说《西游》时要学孙猴、八戒五官四肢乱动，幼童听了容易出毛病，所以一般家长都禁止小孩子到书馆去听《西游》。《西游记》在评书界已算失传，庆有轩（老云里飞）已然不能再说，只有一位没下海的李君（是奎道顺的得意弟子，因曾救奎命得传《西游》，现在东城某小学服务，是不肯出台的了）。

《封神榜》较《西游记》火炽，双厚坪能说此书，也是双厚坪临死所说的最后一部书。双厚坪出语滑稽，《封神榜》上所有神仙，皆另加以外号，例如说长耳定光仙的耳朵拉下，便成弥勒佛，所以称弥勒佛为“大定子”，因旗人中下社会称人全在姓下加“子”（音“咂”）。有人认为双子唐突神仙过甚，所以一病不起，这也未免太迷信。现在说《封神》的很少，李杰恩还算不错。

《济公传》也以双厚坪最好，以后能说的很多，能由济公降生说到擒韩殿。济公被罪二次度世的，只有杨云清。云清说《济公传》互有得失。得是：一能顾全济公的罗汉身份，不至说成妖人疯魔；二是所加材料、所抖包袱，都是本地风光，尤以“官人办案”和“斗蟋蟀”为拿手戏。这是因为杨云清曾经当过官人的缘故，所以说仵作验尸，近情近理，宛如眼见。失是：过于细致，进度太慢。再者过于顾全济公身份，所以凡在济公现法身，总是不尽其辞，未免矜持。杨云清死后，就以刘继业所说《济公传》为最好了。他的长处是能满足书座的欲望，能多给人们书听和加力渲染济公法力，短处是长告假歇工和欠于细致。《聊斋志异》自清末宗室德君创为评书后，也出了很多人才，不过太不好说。太文了不行，太俗也不行，解释典故要天衣无缝，和原文事实吻合才好。近年很有几个说《聊斋》的，死去的董云坡，以文雅幽默见长，很受欢迎。我曾连续听了四个月，能令人回味。现在最好的要属天津陈士和。陈士和能把《聊斋》说成世俗的事，但又俗不伤雅。他的长处是能用“扣子”[①]，这是其他说《聊斋》的人所不能的。还有已然残废了的曹卓如，虽比不上董、陈，也还不坏。近年人们生活困难，勉强听书的已属不易，所以唯一拉书座的方法就是多给书听，像品正三的《隋唐》，本很平常，但能在两个月内由《隋唐》说到残唐五代，书量较旁人多五六倍以上。因之荣膺“品八套”的美名，生意也因此而大发达了。

书茶馆约聘一年的说书人，例在年前预定，预备酒席，款待先生，名曰“请支”，一年一次，就是“死转”也得邀请。有的不“请支”，名曰“不买书”。说书每日收入，皆按三七下账，书馆三成，说书先生七成，遇有零头，便不下账，统归先生。说书先生遇有旧相知，在书钱以外另给的钱，也归先生。例如杨云清说书时，曹君伯英每次总是加赠一元的。在每转的首日末日，所得书钱不下账，皆归说书人。在每转末一日，凡

① “扣子”：评书中扣人心弦的悬念。——编者注

是常听书的老书座，都在书钱以外另赠“送行钱”，不拘多少，以资联络感情。

野茶馆

北京在前清时代，禁苑例不开放。故宫、太庙、社稷坛、三海当然不能开放，就是什刹海的临时市场也是民国五年才开办的。俗城内除陶然亭、窑台以外，是没有游憩地方的。那时都人游憩，只有远走城外。夏日二闸有香会、什不闲、八角鼓助兴，“大花障”“望海楼”十分兴盛。一进五月，朝阳门东便门、二闸来往游船，络绎如织。两岸芦荻槐柳，船头唱着“莲花落”，不但热闹非常，而且清凉爽快。还有永定门外沙子口四块玉茶馆，也是北京郊外有名茶馆，有跑道可以跑车跑马，每年春秋两季十分热闹。夏天有八角鼓什不闲小曲，贵族王侯、名伶大贾都要前去消遣的。再有东直门外自来水厂东北的“红桥茶馆”，规模宏大，由明代到清末，兴盛了三百多年。前清末年，“抓髻赵”曾在此唱莲花落，于今片瓦无存了。以上所说二闸、四块玉、红桥等处，虽然地处郊外，但不能直谓之野茶馆，因为这三处茶馆都以娱乐为目的和清末民初的朝阳门外菱角坑相同，都是唱曲小戏的所在。野茶馆是以幽静清雅为主，矮矮的几间土房，支着芦箔的天棚荆条花障上生着牵牛花，砌土为桌凳，砂包的茶壶黄沙的茶碗，沏出紫黑色的浓苦茶，与乡村野老谈一谈年成，话话桑麻，眼所见的天际白云，耳所听的蛙鼓蛋吟，才是“野茶馆”的本色。据记忆，郊外的野茶馆有这几处。

麦子店茶馆 在朝阳门外麦子店东窑，四面芦苇，地极幽僻，和北窑的“窑西馆茶馆”类似，渔翁钓得鱼来，可以马上到茶馆烹制，如遇疾风骤雨，也可以避雨，所以至今还能屹然独存。麦子店附近水坑还产生鱼虫，尤其多有苍虫，因此养鱼的“鱼把式”每年要到此地捞鱼虫。在前清时宫内“鱼把式”也以麦子店为鱼虫总汇，由二月至九月，在这八个月的麦子店野茶馆，真有山阴道上之势。夕阳西下，肩着渔竿的老叟，行于阡陌之间，颇有画图中人的意味。

六铺炕野茶馆 在安定门外西北里许地，四面全是菜园子，黄花粉蝶，新绿满畦，老圃桔槔伴着秧歌，令人有出尘的念头。六铺炕因有土炕而得名。到此喝茶的以斗叶子牌为主要目的，“打十胡”“开赏”“斗梭胡”，也有“顶牛儿”“打天九”的，总以消遣为主，并不在乎输赢，所以没有“牌九”“开宝”“摇摊”等一类名色。每到红日西斜，赢家出钱买酒肴，共谋一醉，然后踏着月色赶城门，也倒别有情趣。

绿柳轩野茶馆 在安定门东河沿的河北。茶馆在个土山凹里，四周重重杨柳，主人开池引水，种满荷花，极有诗意。夏日有棋会、谜语会，北面辟地几弓，供各香会过排，颇能吸引众多的茶座。

葡萄园 在东直、朝阳两门中间，西面临河，南面东面临菱角坑的荷塘，北面葡萄百架，老树参天，短篱缭绕，是野茶馆中首屈一指所在。夏日有谜社、棋会、诗会、酒会，可称是冠盖如云。

“上龙”“下龙” 在北京没有洋井之先，甜水很是难得。城内大甜水井，每天卖水钱就能收入一个五十两的银元宝。然被北京人盛称为“南城茶叶北城水”的“北城水”，却是指“上龙”“下龙”而言了。“上下龙”在安定门外西北半里地，“上龙”在北，“下龙”在南，相离不过百步。前清盛时，“上龙”北邻有兴隆寺古刹，地势很高，寺北积水成泊，大数十亩。庙内僧人以配殿设茶座，开后壁的窗户，可以远望西山北山，平林数里，燕掠水面，给欣赏“上龙”水的烹一壶雨前茶，倒也别有风趣。庙内有三百年“文王树”一株，开花时香笼满院，很能招徕一些文人。现在“下龙”井已然坍毁填平，兴隆寺也破烂不堪，只有“上龙”还因井主毛三先生经营保留到现在。一株古老空心的柳树斜覆在井上，并东空地支有席棚，井南葡萄一架，西南环有苇塘。主人卖茶卖酒，也做些村肴馒头出卖，生意还不错。一间斗大土房，建在两丈高的土坡上。冬日临窗小饮，远村传来卖年画的货声，仿佛三十年前了。

三岔口野茶馆 在德胜门外西北撞钟庙附近。茶馆坐西朝东，直对德胜门大道，房后树木成林，矮屋三间，生意颇为兴隆。城内闲人到此喝野茶的固然很多，但主要是因为德胜门果行经纪在此迎接西路果驼的缘故。

白石桥野茶馆 在西直门外万寿寺东。清代三山交火各营驻兵的往还，万寿寺的游旅，均以白石桥为歇脚的地方，所以白石桥野茶馆到今日还存在着。高梁桥、白石桥之间水深鱼肥，柳枝拂水，荻花摇曳。很有许多凑趣的人，乘船饮酒，放乎中流，或船头钓鱼，白石桥野茶馆便更热闹起来。

清茶馆

清茶馆专以卖茶为主，也有供给各行手艺人作“攒儿”“口子”的。凡找某行手艺人的，便到某行久站的茶馆去找。手艺人没活干，到本行茶馆沏壶茶一坐 ，也许就能找到工作。清茶馆也有供一般人“摇会”“抓会”“写会”的，也有设谜社的，也有设棋杜的。例如围棋国手崔云趾君，曾在什刹海二吉子茶馆，象棋国手那健庭君，曾在隆福寺二友轩，全是清茶馆的韵事。

茶酒馆

茶馆卖酒，规模很小，不但比不过大酒缸，连小酒铺都比不上。茶酒馆虽然卖酒，并不预备酒菜儿，只有门前零卖羊头肉、驴肉、酱牛肉、羊腱子等，不相羼混。凡到茶酒馆喝酒的，目的在谈天，酒是次要的了。

苏州的茶食店

/ 莲影

故例以茶款客，必佐以细碟数事，内设糕饼之属，故谓之茶食。苏州茶食，为各省所不及。故异地之士绅，来苏游玩者，必购买之，以馈赠亲朋；受之者，视为琼瑶不啻也。其老店，如观前街之稻香村，临顿路之野荸荠，十全街之王仁和，其最著者也。至于叶受和，当时尚未开张，特后起之秀耳。王仁和，一名王饽饽，规模甚小，资本不丰，特善于联络各衙门之差役，故官场送礼，多用该店之货，而其实物品不甚佳美，因之不克支持，而关闭焉。若野荸荠，数年前因亏本收歇，不久，复开张于阊外马路矣。

稻香村店东沈姓，洪杨之役，避难居乡，曾设茶食摊于阳澄湖畔之某村，生意尚称不恶。乱后归城，积资已富，因拟扩张营业，设肆于观前街。奈招牌乏人题名，乃就商于其挚友。友系太湖滨莳萝卜之某农，略识之无，喜观小说，见《红楼梦》

大观园有稻香村等匾额，即选此三字，为沈店题名。此三字，与茶食店有何关系，实令人不解，而沈翁受之，视同拱璧。与之约曰：“吾店若果发财，当提红利十分之二，以酬君题名之劳！”既而，店业果蒸蒸日上，沈翁克践前约，每逢岁底，除照分红利外，更媵以鸡、鱼、火腿等丰美之盘，至今不替云。

叶受和店主，本非商人，系浙籍富绅。一日，游玩至苏，在观前街玉楼春茶室品茗。因往间壁稻香村，购糕饼数十文充饥。时苏店恶习：凡数主顾同时莅门，仅招待其购货之多者，其零星小主顾，往往置之不理焉。叶某等候已久，物品尚未到手，未免怒于色而忿于言。店伙谓叶曰：“君如要紧，除非自己开店，方可称心！”叶乃悻悻而出。时稻香村歇伙某，适在旁闻言，尾随叶某，谓之曰：“君如有意开店，亦属非难，余愿助君一臂之力。”叶某大喜，遽委该伙经理一切，而店业乃成。初年亏本颇巨。幸叶某家产甚丰，且系斗气性质，故屡经添本，不稍迟疑。十余年来，渐有起色，今已与稻香村齐名矣！其余如城内都亭桥之桂香村，阊外石路口之凌嘉和，虽略有微名，仅等之自郐以下耳。

各茶食店之历史，既详为报告矣。今复将各茶食店货品之优劣，更为读者介绍之。稻香村茶食，以月饼为最佳，而肉饺次之。月饼上市于八俗月，为中秋节送礼之珍品，以其形圆似月，故以月饼名之。其佳处，在糖重油多，人口松酥易化。有玫瑰、豆沙、甘菜、椒盐等名目。其价每饼铜元十枚。每盒四饼，谓之大荤月饼。若小荤月饼，其价减半，名色与大荤等。唯其中有一种，号“清水玫瑰”者，以洁白之糖，嫣红之花，和以荤油而成，较诸大荤，尤为可口。尚有圆大而扁之月饼，名之为“月宫饼”，简称之曰“宫饼”。内容枣泥和以荤油，每个铜元廿枚，每盒两个。此为甜月饼中之最佳者。至于咸月饼，曩年仅有南腿、葱油两种，迩年又新添鲜肉月饼。此三种，皆宜于出炉时即食之，则皮酥而味腴，洵别饶风味者也。若夫肉饺，其制法极考究：先将鲜肉剔尽筋膜，精肥支配均匀，然后剁烂，和以上好酱油，使之咸淡得中；外包酥制薄衣，入炉烘之，乘热即食，有汁而鲜；如冷后再烘而食，则汁已走入皮中，不甚鲜美矣。复有三四月间上市之玫瑰猪油大方糕者，内容系白糖与荤油，加入鲜艳玫瑰花，香而且甜，亦醰醰有味。但蒸熟出釜时，在上午六时左右；晨兴较早之人得食之；稍迟，则被小贩等攫夺已尽，徒使人涎垂三尺焉。

叶受和月饼、肉饺，不及稻香村之佳，而零星食品，则优美过之。如久已著名之枣子糕、绿豆糕，及新近发明之豆仁酥、芙蓉酥等，皆制法甚精，饶有美味也。

野荸荠，素以肉饺及酒酿饼著名。肉饼制法，与稻香村略同。其酒酿饼，以酒酿露发酵，其气芬芳，质松而软，虽隔数天，依然其软如绵，所以为佳。

其外，尚有广东茶食店两家：一名广南居，一名马玉山。地点俱在元妙观以西。茶食花色虽多，其制法粗而不精，其美不及苏州茶食远甚。唯中秋月饼，硕大无朋，其形小者如碗，大者如盘。小者，其价银自五分至数角不等。大者，自一银元起，至数十银元为止。有名七星赶月者，亦价银一元。名目虽奇，其内容，不过糖果等，和以盐蛋黄七枚而已。其味平常，并无佳处，即此一物，可例其余。唯暑月素点，名冰花糕者，广东店独有之。其制法传自英京伦敦故简称“伦敦糕”。凡广店规则，如物品于某日上市，必先期标名于水牌，借以招徕主顾。“敦”字草书，与“教”字草体相似，店友不谙文义，故以误传讹，认“敦”为“教”，“教糕”矣。“伦教”二字，何所取义？市侩不文，可笑已极！至今沿讹已久，即有文人为之指正，彼反将笑而不信也。

凡茶食店必兼售糖果。亦有专售糖果者，谓之糖果店。糖果店，以采芝斋为最佳。其著名之品，如玫瑰酱、松子酥、清水查糕、冰糖松子等是。更有橙糕一味，色黄气馥，其味甘酸，为他店所无者，殊堪珍贵也。

糖果类中，又有所谓果酥者，系用炒熟落花生，和以白糖，入臼研之，气香而味厚；且花生内含蛋白质及油分甚多，故可以补身，可以润肠；凡大便艰涩者食之，其效力之大，胜于食香蕉也。其品初著名于宫巷颜家巷口之惠凌村，而碧风坊巷西口之杏花村，实驾而上之。盖惠凌村之果酥，质粗糙而甜分少：杏花村之果酥，质细腻而甜分多，甲乙之判，即在于是矣。

（原载于1931年《红玫瑰》第7卷第14期）

英茶小史

/ 华吟水

我华用茶，由来甚古。《诗》：“谁谓荼苦，其甘如荠。”古书茶作荼，谓之苦荼。《三国志·吴志·韦曜传》：“初见礼异时，常为裁减，或密赐茶荈以当酒。”稽之西籍，则首见于鲍脱罗氏（Giovanni Botero）① 之著述。鲍意人，曾于 1589 年出版《宏丽城市之成因》② 一书中记一则云：“中国常用一种木叶，榨渍成液，厥味佳妙，饮之可以代酒。凡饮酒过量，易致暴戾，而斯则绝无其患。”盖言茶也。英人丕璧（Samuel Pepys）③ 于 1660 年 9 月 28 日之日记有云：“予顷遗人茶一杯，实予前所未尝饮也。”又云：“予归家见予妻方治茶，陶工商

---

① 即乔万尼·波特若。

② 现译作《论城市伟大至尊之因由》，2006 年 8 月华东师范大学出版社出版。——编者注

③ 即塞缪尔·佩皮斯。

毕林尝谓之曰‘清心益神，莫佳于茶’。”以是知英人饮茶，始于英王查尔斯二世时。人谓查后额特利尼为英后用茶之第一人，则可证之无疑矣。

输茶入英，始自东印度公司。初有汤姆斯·加惠（Thomas Garway）者，伦敦咖啡馆主人也。经营茶事，不遗余力。1658年间，遍登广告于各日报，极意誉茶。至1660年，复用一种墙壁广告，明灿动人，遍于伦敦咖啡馆之四壁，而及于他处。今英国古物陈列所中，犹有一纸存焉，兹摘录其中数语云：“向者茶之售于英国，一磅之价，须金六镑，有至十镑者。盖物希则贵，故时人用茶，亦如李加腊烟（Regalia一种上等雪茄烟）之仅用于贵族宴会耳。……迄1657年，公卿王子，咸锡证状，谓汤姆斯之茶，每磅售价仅在十五至十六先令之间矣。”是后东印度公司输入之茶，年有增加。最近二十六年间，平均年有75 400万磅云。

文学家约翰孙（Dr. Samuel Johnson）[①]爱茶甚笃，尝誉茶为一和平之兴奋剂。1756年间，有乔耐斯·海惠（Jonas Hanway）者，毁茶甚力，约氏遂与之争辩，笔战久久，卒以其文章毅力，克胜厥敌。约性怪诞，诉驰不羁，而其嗜茶尤奇趣。

① 即塞缪尔·约翰逊。

尝见之传记云："彼直一囚于茶者，彼之壶无时或冷。午夜寂寥，常借茶以抚慰。而以茶故，往往不寐达旦。"约诚爱茶哉！英之著作家，固不乏嗜茶者，如爱狄孙（Addison）[①]、柏丕（Pope）[②]、盖李芝（Coleridge）[③]及诗人郭判（Cowper）[④]均有文揄扬。斯而稍后，有牧师赛杜·斯密斯（Sydorey Smith）者，誉之尤甚。尝为文曰："予谢上帝赉我人以茶。脱世间无茶，则我将奈何？幸哉我不生于未有茶之时也。"其时英人啜茶，成为时尚。伦敦郊外，盛饰茶园。四方旅客，争趋饮焉。此后数年，西班牙人之旅舍名汉勃斯且者，亦创茶园。于时环佩筑展，趋之若骛。而复以小说家狄根斯（Dickens）[⑤]之必克惠克报，其名益彩。今读斯文者，犹可追忆白黛尔女士之茶会情状，仿佛寓目。后以白女士所允必克惠克之讼费，不克如约，被逮下狱，斯会遂辍。而狄根斯追缅前尘，辄形诸文字，以寄慨焉。其时茶之令名，乃遂益显，矧当时凡克罗林之小说名家，无论男女，形容家生趣，往往言茶。是类著作，今于英国图书总目中，得占数叶云。

---

① 即约瑟夫·艾迪生。

② 即亚历山大·蒲柏。

③ 即塞缪尔·泰勒·柯勒律治。

④ 即威廉·柯珀。

⑤ 即查尔斯·狄更斯。

时有约翰·乔陆克司（John Jorrocks）者，茶商也。好猎。驰逐原野，几无虚日，而犹不忘其业。常怀茶样若干，殷勤于行猎同侣中求售，亦茶史趣话也。

初英国之茶，虽由印度输入，而印度则取之中国。即印地所树之茶，亦靡不为中国种。自1825年，有陆军少佐濮罗斯（Maj. R. Bruce）者，与其弟首先发现印度野生茶树于亚萨后，于是印人广为传植，而中国之茶几绝迹矣。1836年，印度贡亚萨所产之茶一磅至伦敦，下年为五磅，1839年为95磅。1840年亚萨公司创办，接收东印度公司所遗之茶田，力事垦拓，出品日盛。至1907年，已不下11 700万磅。坐是称雄印度，首屈一指。虽后竞与之争者日众，而其营业犹未稍逊。比年英伦市上，印茶充溢，而华茶则日形寥落。当1867年，印茶之在全年消耗总数中，仅占百分之五；厥后二十年间，骤增几及半数；自1900年后，益复蒸蒸日上矣。1886年，华茶之输入英国者，有13 600万磅；后此逐渐减退，今则不及其全年消耗总数中之一零数，可慨哉！

英人啜茶，盖有定时。当18世纪中叶，品茶成为时尚，饮者之众，与岁日俱增。后此虽习尚专易，餐时变更，而饮茶之时刻，亦随之不同。然爱之者，故未稍替，或增多焉，当所称粉服时期（Powder Costume Period），晨用咖啡，午后与晚则饮茶。

女王维多利亚初年，盛餐（heavy dinner）用于午后五时，或延至八时，则于九时半饮茶。中常之家，餐于中午，饮茶于五时。或有进展其饮时，所谓食茶（meat tea），浓茶（high tea）者是已。近年习尚，午后四时饮茶。不独英国，即欧西诸国，亦多如是。大战之后，商店工场，率订茶规，盖亦午后啜茶也。茶之为用，清心益神，蠲烦解渴，于人身实非无益，因是嗜之者日众。今则车腹舟唇，靡不具茶。茶之为业，亦云盛矣。

嗜茶者既日众，而茶肆亦日增月盛，以应时需。英之通都名城，均有茶肆，而伦敦则多至数千家。近如著名之兰盎斯公司，复增设数百处，又建一大酒肆，层楼杰阁，宏极诡丽，内可容数千人。咖啡与茶，应命即至，无分昼夜。于是效尤者又纷起，屈指难计矣。

茶叶日盛，而咖啡日衰。据 1840 年之统计：平均每人饮茶 1.22 磅，咖啡 1.08 磅，相差无几；至 1919 年，茶为 8.24 磅，而咖啡则为 0.82 磅矣。

（原载于 1925 年版《半月》第 4 卷第 17 号）

第三章

茶语闲谈

关于苦茶

/ 周作人

去年春天偶然做了两首打油诗，不意在上海引起了一点风波，大约可以与今年所谓中国本位的文化宣言相比，不过有这差别，前者大家以为是亡国之音，后者则是国家将兴必有祯祥罢了。此外也有人把打油诗拿来当作历史传记读，如字的加以检讨，或者说玩骨董[①]那必然有些钟鼎书画吧，或者又相信我专喜谈鬼，差不多是蒲留仙一流人。这些看法都并无什么用意，也于名誉无损，用不着声明更正，不过与事实相远这一节总是可以奉告的。其次有一件相像的事，但是却颇愉快的，一位友人因为记起吃苦茶的那句话，顺便买了一包特种的茶叶拿来送我。这是我很熟的一个朋友，我感谢他的好意，可是这茶实在太苦，我终于没有能够多吃。

① 现作“古董”。——编者注

据朋友说这叫作苦丁茶。我去查书,只在日本书上查到一点,云系山茶科的常绿灌木，干粗，叶亦大，长至三四寸，晚秋叶腋开白花，自生山地间，日本名曰唐茶（Tocha），一名龟甲茶，汉名皋芦，亦云苦丁。赵学敏《本草拾遗》卷六云：

角刺茶，出徽州。土人二三月采茶时兼采十大功劳叶，俗名老鼠刺，叶曰苦丁，和匀同炒，焙成茶，货与尼庵，转售富家妇女，云妇人服之终身不孕，为断产第一妙药也。每斤银八钱。

案“十大功劳”与“老鼠刺”均系五加皮树的别名，属于五加科，又是落叶灌木，虽亦有苦丁之名，可以制茶，似与上文所说不是一物，况且友人也不说这茶喝了可以节育的。再查类书关于皋芦却有几条，《广州记》云：

皋芦，茗之别名，叶大而涩，南人以为饮。

又《茶经》有类似的话云：

南方有瓜芦木，亦似茗，至苦涩，取为屑茶饮亦可通夜不眠。

《南越志》则云：

茗苦涩，亦谓之过罗。

此木盖出于南方，不见经传，皋芦云云本系土俗名，各书记录其音耳。但是这是怎样的一种植物呢，书上都未说及，我只好从茶壶里去拿出一片叶子来，仿佛制腊叶似的弄得干燥平直了，仔细看时，我认得这乃是故乡常种的一种坟头树，方言称作“枸朴树”的就是，叶长二寸，宽一寸二分，边有细锯齿，其形状的确有点像龟壳。原来这可以泡茶吃的，虽然味大苦涩，不但我不能多吃，便是且将就斋主人也只喝了两口，要求泡别的茶吃了。但是我很觉得有兴趣，不知道在白菊花以外还有些什么叶子可以当茶？《毛诗草木鸟兽虫鱼疏》“山有栲”一条下云：

山樗生山中，与下田樗大略无异，叶似差狭耳，吴人以其叶为茗。

《五杂组》卷十一云：

以菉豆微炒，投沸汤中倾之，其色正绿，香味亦不减新茗，宿村中觅茗不得者可以此代。

此与现今炒黑豆作咖啡正是一样，又云：

北方柳芽初茁者采之入汤，云其味胜茶。曲阜孔林楷木其芽可烹。闽中佛手柑橄榄为汤，饮之清香，色味亦旗枪之亚也。

卷十《记孔林楷木》条下云：

其芽香苦，可烹以代茗，亦可干而茹之，即俗云黄连头。

孔林吾未得瞻仰，不知楷木为何如树，唯黄连头则少时尝茹之，且颇喜欢吃，以为有福建橄榄豉之风味也。关于以木芽代茶，《湖雅》卷二亦有二则云：

桑芽茶，案山中有木俗名新桑荑，采嫩芽可代茗，非蚕所食之桑也。

柳芽茶，案柳芽亦采以代茗，嫩碧可爱，有色而无香味。

汪谢城此处所说与谢在杭不同，但不佞却有点左袒汪君，因为其味胜茶的说法觉得不大靠得住也。

许多东西都可以代茶，咖啡等洋货还在其外，可是我只感到好玩，有这些花样，至于我自己还只觉得茶好，而且茶也以绿的为限，红茶以至香片嫌其近于咖啡，这也别无多大道理，单因为从小在家里吃惯本山茶叶耳。口渴了要喝水，水里照例泡进茶叶去，吃惯了就成了规矩，如此而已。对于茶有什么特别了解、赏识、哲学或主义么？这未必然。一定喜欢苦茶，非苦的不喝么？这也未必然。那么为什么诗里那么说，为什么又叫作庵名，岂不是假话么？那也未必然。今世虽不出家亦不打诳语。必要说明，还是去小学上找罢。吾友沈兼士先生有诗为证，题曰《又和一首自调》，此系后半首也：

端透于今变澄彻 鱼模自古读歌麻

眼前一例君须记 茶苦原来即苦茶

二十四年[①]二月

①1935年。——编者注

吃茶

/ 周作人

吃茶是一个好题目，我想写一篇文章来看。平常写文章，总是先有了意思，心里组织起来，先写些什么，后写什么，腹稿粗定，随后就照着写来。写好之后再加一题目，或标举大旨，如《逍遥游》，或只拣文章起头两个字，如“马蹄秋水”，都有。有些特别是近代的文人，是有定了题目再做。英国有一个姓密棱的人便是如此。印刷所来拿稿子，想不出题目，便翻开字典来找，碰到金鱼就写一篇金鱼。这办法似乎也有意思，但那是专写随笔的文人，自有他一套本事，假如别人妄想学步，那不免画虎类狗，有如秀才之做赋得的试帖诗了。我写这一篇小文，却是预先想好了意思，随后再写它下来，还是正统的写法，不过自为觉得这题目颇好，所以跑了一点野马，当作一个引子罢了。

其实我的吃茶是够不上什么品位的，从量与质来说都够不上标准，从前东坡说“饮酒饮湿”，我的吃茶就和“饮湿”相去不远。据书上的记述，似乎古人所饮的分量都是很多，唐人所说喝过七碗觉腋下习习风生，这碗似乎不是很小的，所以六朝时人说是“水厄”。我所喝的只是一碗罢了，而且他们那时加入盐姜所煮的茶也没有尝过，不晓得是什么滋味，或者多少像是小时候所喝的伤风药午时茶吧。讲到质，我根本不讲究什么茶叶，反正就只是绿茶罢了，普通就是龙井种，什么有名的罗岕，看都没有看见过，怎么够得上说吃茶呢?

一直从小就吃本地出产、本地制造的茶叶，名字叫作“本山”，叶片搓成一团，不像龙井的平直，价钱很是便宜，大概好的不过一百六十文一斤吧。近年在北京这种茶叶又出现了，美其名曰“平水珠茶”，后来在这里又买不到，结果仍旧是买龙井，所能买到的也是普通的种类，若是旗枪、雀舌之类却是没有见过，碰运气可以在市上买到碧螺春，不过那是很难得遇见的。从前曾有一个江西的朋友，送给我好些六安的茶，又在南京一个安徽的朋友那里吃到太平猴魁，都觉得很好，但是以后不可再得了。最近一个广西的朋友，分给我几种他故乡的茶叶，有横山细茶、桂平西山茶和白毛茶各种，都很不差，味道温厚，大概是沱茶一路，有点红茶的风味。他又说西南有苦丁茶，一片很小的叶子可以泡出碧绿的茶来，只是味很苦。我曾尝过旧学生送我的所谓苦丁茶，乃是从市上买来，不是道地西南的东西，其味极苦，看泡过的叶子很大而坚厚，茶色也不绿而是赭黄，原来乃是故乡的坟头所种的枸朴树，是特别的一种植物。我就是不喜欢北京人所喝的“香片”，这不但香无可取，就是茶味也有说不出的一股甜熟的味道。

以上是我关于茶的经验，这怎么够得上来讲吃茶呢？但是我说这是一个好题目，便是因为我不会喝茶可是喜欢玩茶，换句话说就是爱玩耍这个题目，写过些文章，以致许多人以为我真是懂得茶的人了。日前有个在大学读书的人走来看我，说从前听老师说你怎么爱喝茶，怎么讲究，现在看了才知道是不对的。我答道：“可不是吗？这是你们贵师徒上了我的文章的当。孟子有言，尽信书则不如无书。现在你从实验知道了真相，可以明白单靠文字是要上当的。”我说吃茶是好题目，便是可以容我说出上面的叙述。我只是爱耍笔头讲讲，不是捧着茶缸一碗一碗的尽喝的。

（原载于 1964 年 1 月 27 日香港《新晚报》）

再论吃茶

/ 周作人

郝懿行《证俗文》一云：

> 考茗饮之法始于汉末，而已萌牙于前汉，然其饮法未闻，或曰为饼咀食之，逮东汉末蜀吴之人始造茗饮。

据《世说》云：王濛好茶，人至辄饮之，士大夫甚以为苦，每欲候濛，必云今日有水厄。又《洛阳伽蓝记》说王肃归魏住洛阳，初不食羊肉及酪浆等物，常饭鲫鱼羹，渴饮茗汁，京师士子见肃一饮一斗，号为漏卮。后来虽然王肃习于胡俗，至于说茗不中，与酪作奴，又因彭城王的嘲戏，“自是朝贵宴会虽设茗饮，皆耻不复食，唯江表残民远来降者好之”，但因此可见六朝时南方吃茶的嗜好很是普遍，而且所吃的分量也很多。到了唐朝统一南北，这个风气遂大发达，有陆羽、卢仝等人可以作证，不过那时的茶大约有点近于西人所吃的红茶或咖啡，与后世的清茶相去颇远。明田艺衡《煮泉小品》云：

唐人煎茶多用姜盐，故鸿渐云，初沸水合量，调之以盐味，薛能诗，盐损添常戒，姜宜着更夸。苏子瞻以为茶之中等用姜煎信佳，盐则不可。余则以为二物皆水厄也，若山居饮水，少下二物以减岚气，或可耳，而有茶则此固无须也。至于今人荐茶类下茶果，此尤近俗，是纵佳者，能损真味，亦宜去之。且下果则必用匙，若金银大非山居之器，而铜又生腥，皆不可也。若旧称北人和以酥酪，蜀人入以白土，此皆蛮饮，固不足责。人有以梅花菊花茉莉花荐茶者，虽风韵可赏，亦损茶味，如有佳茶亦无事此。

此言甚为清茶张目，其所根据盖在自然一点，如下文即很明了地表示此意：

茶之团者片者皆出于碾硙之末，既损真味，复加油垢，即非佳品，总不若今之芽茶也，盖天真者自胜耳。芽茶以火作者为次，生晒者为上，亦更近自然，且断烟火气耳。

谢肇淛《五杂俎》十一亦有两则云：

古人造茶，多舂令细，末而蒸之，唐诗“家童隔竹敲茶臼”是也。至宋始用碾，揉而焙之则自本朝（案明朝）始也。但揉者恐不若细末之耐藏耳。

《文献通考》：“若有片有散。片者即龙团旧法，散者则不蒸而干之，如今之茶也。”始知南渡之后茶渐以不蒸为贵矣。

清乾隆时茹敦和著《越言释》二卷，有“撮泡茶”一条，撮泡茶者即叶茶，撮茶叶入盖碗中而泡之也，其文云：

《诗》云荼苦，《尔雅》苦荼，茶者荼之减笔字，前人已言之，今不复赘。茶理精于唐，茶事盛于宋，要无所谓撮泡茶者。今之撮泡茶或不知其所自，然在宋时有之，且自吾越人始之。按炒青之名已见于陆诗，而放翁《安国院试茶》之作有曰：“我是江南桑苎家，汲泉闲品故园茶，只应碧缶苍鹰爪，可压红囊白雪芽。”其自注曰，日铸以小瓶蜡纸，丹印封之，顾渚贮以红蓝缣囊，皆有岁贡。小瓶蜡纸至今犹然，日铸则越茶矣。不团不饼，而曰炒青曰苍龙爪，则撮泡矣。是撮泡者对硙茶言之也。又古者茶必有点，无论其为硙茶为撮泡茶，必择一二佳果点之，谓之点茶。点茶者必于茶器正中处，故又谓之点心。此极是杀风景事，然里俗以此为恭敬，断不可少。岭南人往往用糖梅，吾越则好用红姜片子，他如莲菂榛仁，无所不可。其后杂用果色，盈杯溢盏，略以瓯茶注之，谓之果子茶，已失点茶之旧矣。渐至盛筵贵客，累果高至尺余，又复雕鸾刻凤，缀绿攒红以为之饰，一茶之值乃至数金，谓之高茶，可观而不可食，虽名为茶，实与茶风马牛。又有从而反之者，聚诸干蔽烂煮之，和以糖蜜，谓之原汁茶，可以食矣，食竟则摩腹而起，盖疗饥之上药，非止渴之本谋，其于茶亦了无干涉也。他若莲子茶龙眼茶种种诸名色相沿成故，而种种糕餐饼饵皆名之为茶食，尤为可笑。由是撮泡之茶遂至为世诟病，凡事以费钱为贵耳，虽茶亦然，何必雅人深致哉。又江广间有礌茶，是姜盐煎茶遗制，尚存古意，未可与越人之高茶原汁茶同类而并讥之。

王侃著《巴山七种》，同治乙丑刻，其第五种曰《江州笔谈》，卷上有一则云：

乾隆嘉庆间官家宴客，自客至及入席时，以换茶多寡别礼之隆杀。其点茶花果相间，盐渍蜜渍以不失色香味为贵，春不尚兰，秋不尚桂，诸果亦然，大者用片，小者去核，空其中，均以镂刻争胜，有若为饤盘者，皆闺秀事也。茶匙用金银，托盘或银或铜，皆錾细花，髹漆皮盘则描金细花，盘之颜色式样人人各异，其中托碗处围圈高起一分，以约碗底，如托酒盏之护衣碟子。茶每至，主人捧盘递客，客起接盘自置于几。席罢乃啜叶茶一碗而散，主人不亲递也。今自客至及席罢皆用叶茶，言及换茶人多不解。又今之茶托子绝不见如舟如梧橐鄂者。事物之随时而变如此。

予生也晚，已在马江战役之后，儿时有所见闻亦已后于栖清山人者将三十年了。但乡曲之间有时尚存古礼，原汁茶之名虽不曾听说，高茶则屡见，有时极精巧，多至五七层，状如浮图，叠灯草为栏干[①]，染芝麻砌作种种花样，中列人物演故事，不过今不以供客，只用作新年祖像前陈设耳。因高茶而联想到的则有高果，旧日结婚祭祀时必用之，下为锡碗，其上立竹片，缚诸果高一尺许，大抵用荸荠、金橘等物，而令人最不能忘记

① 今作“栏杆”。——编者注

的却是甘蔗这一种，因为上边有“甘蔗菩萨”，以带皮红甘蔗削片，略加刻画，穿插成人物，甚古拙有趣，小时候分得此菩萨一尊，比有甘蔗吃更喜欢也。莲子等茶极常见，大概以莲子为最普通，杏酪龙眼为贵，芡栗已平凡，百合与扁豆茶则卑下矣。凡待客以结婚时宴“亲送”舅爷为最隆重，用三道茶，即杏酪、莲子及叶茶，平常亲戚往来则叶茶之外亦设一果子茶，十九皆用莲子。范寅《越谚》卷中“饮食”门下，有“茶料”一条，注曰：“母以莲栗枣糖遗出嫁女，名此。”又“䤈茶”条注曰：“新妇煮莲栗枣，遍奉夫家戚族尊长卑幼，名此，又谓之喜茶。”此风至今犹存，即平日往来馈送用提合，亦多以莲子白糖充数，儿童书房拜蒙师，以茶盅若干副分装莲子白糖为礼，师照例可全收，似向来䤈茶系致敬礼。此所谓茶又即是果子茶，为便利计乃用茶料充之，而茶料则以莲糖为之代表也。点茶用花今亦有之，唯不用鲜花临时冲入，改而为窨，取桂花、茉莉、珠兰等和茶叶中，密封待用。果已少用，但尚存橄榄一种，俗称元宝茶，新年人茶店多饮之取利市，色香均不恶，与茶尚不甚相忤，至于姜片等则未见有人用过。越中有一种茶盅，高约一寸许，口径二寸，有盖，与茶杯、茶碗、茶缸异，盖专以盛果子茶者，别有旧式者以银皮为里，外面系红木，近已少见，现所有者大抵皆陶制也。

茶本是树的叶子，摘来瀹汁喝喝，似乎是颇简单的事，事实却并不然。自吴至南宋将一千年，始由团片而用叶茶，至明大抵不入姜盐矣，然而点茶下花果，至今不尽改，若又变而为果羹，则几乎将与酪竞爽了。岂酾茶致敬，以叶茶为太清淡，改用果饵，茶终非吃不可，抑或留恋于古昔之膏香盐味，故仍于其中杂投华实，尝取浓厚的味道乎？均未可知也。南方虽另有果茶，但在茶店凭栏所饮的一碗碗的清茶却是道地的苦茗，即俗所谓龙井，自农工以至老相公盖无不如此，而北方民众多嗜香片，以双窨为贵，此则犹有古风存焉。不佞食酪而亦吃茶，茶常而酪不可常，故酪疏而茶亲，唯亦未必平反旧案，主茶而奴酪耳，此二者盖牛羊与草木之别，人性各有所近，其在不佞则稍喜草木之类也。

二十三年[①]五月

①1934年。——编者注

碗底有沧桑

/ 张恨水

“上夫子庙吃茶”（读作错平声），这是南京人趣味之一。谈起真正的吃茶趣味，要早，真要夫子庙畔，还要指定是奇芳阁、六朝居这四五家茶楼。你若是个要睡早觉的人，被朋友们拉上夫子庙去吃回茶，你真会感到得不偿失。可是有人去惯了，每早不去吃二三十分钟茶，这一天也不会舒服。这就是我上篇《风檐尝烤肉》的话，这就是趣味吗？

这里单说奇芳阁吧，那是我常去的地方，我也只有这里最熟。这一家茶楼，面对了秦淮河（不管秦淮碧或黑，反正字面是美的），隔壁是夫子庙前广场，是个热闹中心点。无论你去得多么早，这茶楼上下，已是人声哄哄，高朋满座。我大概到的时候，是八点钟前、七点钟后，那一二班吃茶的人，已经过瘾走了。这里面有公务员与商人，并未因此而误他的工作，这是南京人吃茶的可取点。我去时当然不止一个人踏着那涂满了“脚底下泥”

的大板梯上那片敞楼，在桌子缝里转个弯，奔上西角楼的突出处，面对楼下的夫子庙坐下。始而因朋友关系，无所谓来这里，去过三次，就硬是非这里不坐。四方一张桌子，漆是剥落了，甚至中间还有一条缝呢。桌子有的是茶碗碟子、瓜子壳、花生皮、烟卷头、茶叶渣，那没关系。过来一位茶博士，风卷残云，把这些东西搬了走，肩上抽下一抹布，立刻将桌面扫荡干净。他左手抱了一叠茶碗，还连盖带茶托，右手提了把大锡壶来。碗分散在各人前，开水冲下碗去，一阵热气，送进一阵茶香，立刻将碗盖上，这是趣味的开始。桌子周围有的是长板凳方几子，随便拖了来坐，就是很少靠背椅，躺椅是绝对没有。这是老板整你，让你不能太舒服而忘返了。你若是个老主顾，茶博士把你每天所喝的那把壶送过来，另找一个杯子，这壶完全是你所有。不论是素的、彩花的、瓜式的、马蹄式的，甚至缺了口用铜包着的，绝对不卖给第二人。随着是瓜子盐花生、糖果纸烟篮、水果篮，有人纷纷地提着来揽生意。卖酱牛肉的，背着玻璃格子，还带了精致的小菜刀与小砧板。“来六个铜板的。”座上有人说。他把小砧板放在桌上，和你切了若干片，用纸片托着，撒上些花椒盐。此外，有我们永远不照顾的报贩子，自会送来几份报。有我们永远不照顾的眼镜贩或带子贩、钢笔贩，他们冷眼地擦身过去。于是桌上放满了花生、瓜子、纸烟等类了，这是趣味的继续。这里有点心牛肉锅贴、菜包子、各种汤面，茶博士一批批送来。然而说起价钱，你会不相信。每大碗面，七分而已，还有小干丝，只五分钱。熟的茶房，肯跑一趟路，替你买两角钱的烧鸭，用小锅再煮一煮。这是什么天堂生活！

我不能再写了，多写只是添我伤感。我们每次可以在这里会到所要会的朋友，并可以在这里商决许多事业问题，所耗费的时间是半小时上下，金钱一元上下，这比万元请客一次，其情况怎样呢？在后方遇到南京朋友，也会拉上小茶馆吃那毫无陪衬的沱茶，可是一谈起夫子庙，看着茶碗，大家就黯然了。

听说奇芳阁烧掉之后，又重建了。老朋友说："回到南京的第二天早上，我们就在那里会面吧！""好的！"可是分散日子太久，有些老朋友已经永远不能见面了。

（原载于 1945 年 11 月 14 日重庆《新民报》）

成都的特景——茶铺

/ 李劼人

茶铺，这倒是成都城内的特景。全城不知道有多少，平均下来，一条街总有一家。有大有小，小的多半在铺子上摆 20 来张桌子；大的或在门道内，或在庙宇内，或在人家祠堂内，或在什么公所内，桌子总在 40 张以上。

茶铺，在成都人的生活中具有三种作用：一种是各业交易的市场。货色并不必拿去，只买主卖主走到茶铺里，自有当经纪的来同你们做买卖，说行市；这是有一定的街道，一定的茶铺，差不多还有一定的时间。这种茶铺的数目并不太多。

一种是集会和评理的场所。不管是固定的神会、善会，或是几个人、几十个人要商量什么好事或歹事的临时约会，大抵都约在一家茶铺里，可以彰明较著地讨论、商议，乃至争执；要说秘密话，只管用内行术语或者切口，也没人来过问。假使你与人有了口角是非，必要分个曲直，争个面子，而又不喜欢打官司，或是作为打官司的初步，那你尽可邀约些人，自然如韩信用兵，多多益善——你的对方自然也一样的——相约到茶铺来。如其有一方势力大点，一方势力弱点，这理很好评，也很好解决，大家声势汹汹地吵一阵，由所谓中间人两面敷衍一阵，再把势弱的一方数说一阵，就算他的理输了。输了，也用不着赔礼道歉，只将两方几桌或十几桌的茶钱一并开销了事。如其两方势均力敌，而都不愿认输，则中间人便也不说话，让你们吵，吵到不能下台，让你们打，打的武器，先之以茶碗，继之以板凳，必待见了血，必待惊动了街坊怕打出人命，受拖累，而后街差啦，总爷啦，保正啦，才跑了来，才恨住吃亏的一方，先赔茶铺损失。这于是堂倌便忙了，架在楼上的破板凳，也赶快偷搬下来了，藏在柜房桶里的陈年破烂茶碗，也赶快偷拿出来了，如数照赔。所以差不多的茶铺，很高兴常有人来评理，可惜自从警察兴办以来，茶铺少了这项日常收入，而必要如此评理的，也大感动辄被挡往警察局去之寂寞无聊。这就是首任警察局总办周善培这人最初与人以不方便，而最初被骂为周秃子的第一件事。

另一种是普遍地作为中等以下人家的客厅或休息室。不过只限于男性使用，坤道人家也进了茶铺，那与钻烟馆的一样，必不是好货；除非只是去买开水端泡茶的，则不说了。下等人家无所谓会客与休息地方，需要茶铺，也不必说。中等人家，纵然有堂屋，堂屋之中，有桌椅，或者竟有所谓客厅书房，家里也有茶壶茶碗，也有泡茶送茶的什么人；但是都习惯了，客来，顶多说几句话，假使认为是朋友，就必要约你去吃茶。这其间有三层好处。第一层，是可以提高嗓子，无拘无束地畅谈，不管你说的是家常话、要紧话，或是骂人，或是谈故事，你尽可不必顾忌旁人，旁人也断断不顾忌你。因此，一到茶铺门前，便只听见一派绝大的嗡嗡，而夹杂着堂倌高出一切的声音在大喊："茶来了！……开水来了！……茶钱给了！……多谢啦！……"第二层，无论春夏秋冬，假使你喜欢打赤膊，你只管脱光，比在人家里自由得多；假使你要剃头，或只是修脸打发辫，有的是待诏，哪怕你头屑四溅，短发乱飞，飞溅到别人茶碗里，通不妨事，因为"卫生"这个新名词虽已输入，大家也只是用作取笑的资料罢了；至于把袜子脱下，将脚伸去蹬在修脚匠的膝头上，这是桌子底下的事，更无碍已。第三层，如其你无话可说，尽可做自己的事，无事可做，尽可抱着膝头去听隔座人谈论，较之无聊赖地呆坐家中，既可以消遣辰光，又可以听新闻，广见识，而所谓吃茶，只不过存名而已。

如此好场合，假使花钱多了，也没有人常来。而当日的价值：雨前毛尖每碗制钱三文，春茶雀舌每碗制钱四文，还可以搭用毛钱。并且没有时间限制，先吃两道，可以将茶碗移在桌子中间，

向堂倌招呼一声："留着！"隔一二小时，你仍可去吃。只要你灌得，一壶水两壶水满可以的，并且是道道圆。

不过，茶铺都不很干净。不大的黑油面、红油脚的高桌子，大都有一层垢腻，桌栓上全是抱膝人踏上去的泥污，坐的是窄而轻的高脚板凳。地上千层泥高高低低；头上梁桁间，免不了既有灰尘，又有蛛网。茶碗哩，一百个之中，或许有十个是完整的，其余都是千巴万补的碎瓷。而补碗匠的手艺也真高，他能用多种花色不同的破茶碗，并合拢来，不走圆与大的样子，还包你不漏。也有茶船，黄铜皮捶的，又薄又脏。

总而言之，坐茶铺，是成都人若干年来就形成了的一种生活方式。

（节选自李劼人《暴风雨前》）

从吃茶漫谈重庆的忙——旅渝随笔

/ 李劼人

到重庆，第一使成都人惊异的，倒不是山高水险，也不是爬坡上坎，而是一般人的动态，何以会那么急遽？所以，成都人常常批评重庆人，只一句话：“翘屁股蚂蚁似的，着着急急地跑来跑去，不晓得忙些啥子！”由是，则可反映出成都人自己的动态，也只一句话：“太懒散了！”

懒散近乎“随时随地找舒服”。以坐茶馆为喻罢，成都人坐茶馆，虽与重庆人的理由一样，然而他喜爱的则是矮矮的桌子，矮矮的竹椅——虽不一定是竹椅，总多半是竹椅变化出来，矮而有靠背，可以半躺半坐的坐具——地面不必十分干净，而桌面总可以邋遢点而不嫌打脏衣服，如此一下坐下来，身心泰然，所差者，只是长长一声感叹。因此，对于重庆茶馆之一般高方桌、高板凳，光是看，就深感到一种无言的禁令：“此处只为吃茶而设，不许找舒服，混光阴！”

只管说，“抗战期中”，大家都要紧张。不准坐茶馆混光阴，也算是种革命的“新生活”的理论。但是，理论家坐在沙发上却不曾设想到凡旅居在重庆的人，过的是什么生活呀！斗室之间，地铺纵横，探首窗外，乌烟瘴气，镇日车声，终宵人喊，工作之余，或是等车候船的间隙，难道叫他顶着毒日，时刻到马路上去做无益的体操吗?

我想，富有革命性的理论家，除了设计自己的舒服外，照例是不管这些的。在民国十二年当中，杨子惠先生不是用“杨森说”的标语，普遍激动过坐茶馆的成都人：“你们为什么不去工作? ”而一般懒人不是也曾反问过“请你拿工作来”吗?软派的革命家劝不了成都人坐茶馆的恶习，于是硬派的革命家却以命令改革过重庆人的脾胃，不许他们坐茶馆，喝四川出产的茶，偏要叫他们去坐花钱过多的咖啡馆，而喝中国不出产必须舶来的咖啡、可可，以及彼时产量并不算多，质地也并不算好的牛奶。

好在“不近人情”的，虽不概如苏老泉所云“大抵是大奸慝”，然而终久会被“人情”打倒，例如重庆的茶馆：记得民国三十年大轰炸之后，重庆的瓦砾堆中，也曾在如火毒日之下，蓬蓬勃勃兴起过许多新式的矮桌子、矮靠椅的茶馆，使一般逃不了难的居民，尤其一般必须勾留在那里的旅人，深深感觉舒服了一下。不幸硬派的革命下来了，茶馆一律封闭，只许改卖咖啡、可可、牛奶，而喝茶的地方，大约以其太不文明之故，只宜于一般“劣等华人”去适应。因才规定：第一不许在大街上；第二不许超过八张方桌；第三不许有舒适的桌椅。谢谢硬派的“作家”，幸而没有规定：只许站着喝！一碗茶只需五秒钟！

如此“不近人事”的推销西洋生活方式——请记着：那时我们亲爱的美国盟友还没有来哩——其不通之理由，可以不言，好在抗战期间，“命令第一”，你我生活于“革命”之下，早已成了习惯。单说国粹的茶馆，到底不弱，过了一些时候，还是侵到大街上了，还是超过了八张方桌，可惜一直未变的，只是一贯乎高桌子、高板凳，犹保存重庆人所必需的紧张意味，就是坐茶馆罢，似乎也不需要像成都人之“找舒服”！

路旁卖茶人

/ 张恨水

一年前，予腰足尚健，在海棠溪挤购汽车票不得，常步行回南泉，随行必有一杖一囊。杖扶我偶登山坡。囊则购盛乡间所寡有，而又我日用必需者。其中常有杂志书籍三二册，备徒步时，就野茶馆少歇，聊以解闷。一次步归，行五公里余，先歇二塘，小镇也。又四公里至么塘，势将再作休息。顾其地三五人家，无售茶酒作中尖者。徘徊少顷，乃以杖荷囊，迟迟沿公路边缘行。不及半里，忽闻人语："先生少歇乎？"其声操东北音，予大异。视之，路旁崖下，有两人家，其一支土灶，上正以铁壶煮水，门内置座头二，布制胡床四五具，盖小茶馆也，门前有青布短衣男子，科头而黄面，含笑向予点首。予回视其前，有绿竹一丛，下临小谷。远望群岗，云雾蒙蒙，境亦疏旷可喜。乃就第一座头，嘱为泡茗一碗。其人送茶已，指灶后木格橱，曰："有面，有馒首，亦有酒，先生需乎？"予曰："前途已打尖矣。

然乐与君语，小谈可乎？”予在北地久，固能作燕语，强其舌以挑之。且于衣袋中取纸烟出，敬之。其人果鞠躬受烟坐，笑曰：“先生燕赵之士乎？”予曰：“居北平二十年，类故乡矣，且尝至君乡辽宁。”彼曰：“否，吾吉林人也。”予曰：“君何以至此设茶肆？”彼昂首微喟曰：“不才，一排长也。展转由河北战至长江。武汉撤守之役，某供役某部，有汀泗桥之战。因誓死不退，有巨功。上司入川，予则为弹创病脚。既不复能执干戈以卫社稷，又由南方展转来此，聊糊口耳。”予闻之，肃然起敬。其人大喜，作倾盖交。乃畅谈十年来事，唏嘘慷慨，凡两小时。予以归程仅半，赠茶敬二十元，约后会。其人送我数十步，犹伫立以视予后影，予亦屡回顾之。又三月，予复过此，则冷灶无烟，室迩人遐矣。

每阅报，见东北新闻，辄觉此卖茶人之影，宛在目前。

《茶话》小引

/ 周作人

茶话一语，照字义来说，是喝茶时的谈话。但事实上，我绝少这样谈话的时候，而且也不知茶味，——我只吃冷茶，如鱼之吸水。标题《茶话》，不过表示所说的都是清淡的，如茶余的谈天，而不是酒后的昏沉的什么话而已。

（原载于 1925 年 10 月《语丝》第 48 期）

北京的茶食

/ 周作人

在东安市场的旧书摊上买到一本日本文章家五十岚力的《我的书翰》，中间说起东京的茶食店的点心都不好吃了，只有几家如上野山下的空也，还做得好点心，吃起来馅糖及果实浑然融合，在舌头上分不出各自的味来。想起德川时代江户的二百五十年的繁华，当然有这一种享乐的流风余韵留传到今日，虽然比起京都来自然有点不及。北京建都已有五百余年之久，论理于衣食住方面应有多少精微的造就，但实际似乎并不如此，即以茶食而论，就不曾知道什么特殊的有滋味的东西。固然我们对于北京情形不甚熟悉，只是随便撞进一家饽饽铺里去买一点来吃，但是就撞过的经验来说，总没有很好吃的点心买到过。难道北京竟是没有好的茶食，还是有而我们不知道呢？这也未必全是为贪口腹之欲，总觉得在古老的京城里吃不到包含历史的精炼的或颓废的点心是一个很大的缺陷。北京的朋友们，能够告诉我两三家做得上好点心的饽饽铺么？

我对于二十世纪的中国货色，有点不大喜欢，粗恶的模仿品，美其名曰国货，要卖的比外国货更贵些。新房子里卖的东西，便不免都有点怀疑，虽然这样说好像遗老的口吻，但总之关于风流享乐的事我是颇迷信传统的。我在西四牌楼以南走过，望着异馥斋的丈许高的独木招牌，不禁神往，因为这不但表示他是义和团以前的老店，那模糊阴暗的字迹又引起我一种焚香静坐的安闲而丰腴的生活的幻想。我不曾焚过什么香，却对于这件事很有趣味，然而终于不敢进香店去，因为怕他们在香盒上已放着花露水与日光皂了。我们于日用必需品的东西以外，必须还有一点无用的游戏与享乐，生活才觉得有意思。我们看夕阳，看秋河，看花，听雨，闻香，喝不求解渴的酒，吃不求饱的点心，都是生活上必要的——虽然是无用的装点，而且愈是精炼愈好。可怜现在的中国生活，确实极端地干燥粗鄙，别的不说，我在北京徬徨了十年，终未曾吃到好点心。

十三年[1]二月

①即1924年。——编者注

第四章

茶里人生

戒茶

/ 老舍

我既已戒了烟酒而半死不活，因思莫若多加几种，爽性快快地死了倒也干脆。

谈再戒什么呢？

戒荤吗？根本用不着戒，与鱼不见面者已整整二年，而猪羊肉近来也颇疏远。还敢说戒？平价之米，偶尔有点油肉相佐，使我绝对相信肉食者“不鄙”！若只此而戒除之，则腹中全是平价米，而人也快变为平价人，可谓“鄙”矣！不能戒荤！

必不得已，只好戒茶。

我是地道中国人，咖啡、蔻蔻、汽水、啤酒，皆非所喜，而独喜茶。有一杯好茶，我便能万物静观皆自得。烟酒虽然也是我的好友，但它们都是男性的——粗莽、热烈，有思想，可也有火气——未若茶之温柔，雅洁，轻轻的刺戟，淡淡的相依；茶是女性的。

我不知道戒了茶还怎样活着，和干吗活着。但是，不管我愿意不愿意，近来茶价的增高已教我常常起一身小鸡皮疙瘩！

茶本应该是香的，可是现在卅元一两的香片不但不香，而且有一股子咸味！为什么不把咸蛋的皮泡泡来喝，而单去买咸茶呢？六十元一两的可以不出咸味，可也不怎么出香味，六十元一两啊！谁知道明天不就又长一倍呢！

恐怕呀，茶也得戒！我想，在戒了茶以后，我大概就有资格到西方极乐世界去了——要去就抓早儿，别把罪受够了再去！想想看，茶也须戒！

（原载于 1944 年 9 月 15 日重庆《新民报晚刊》）

茶肆卧饮之趣

/ 张恨水

古人茶经茶言，谓茶出蜀。然吾人至渝，殊不得好茶。普通饮料，为滇来之沱茶，此外则香片。原所谓香片，殊异北平所饮，叶极粗，略有一二焦花，转不如沱茶之有苦味也。虽然，渝人上茶馆则有特嗜，晨昏两次，大小茶馆，均满坑满谷。粗桌一，板凳四，群客围坐，各于其前置盖碗所泡之沱茶一，议论纷纭，喧哗于户外。间有卖瓜子花生香烟小贩，点缀其间，如是而已。

但较小茶肆，颇有闲趣，例于屋之四周，排列支架之卧椅。椅以数根木棍支之，或蒙以布面，或串以竹片，客来，各踞一榻，虽卧而饮之，以椅旁例夹一矮几也。草草劳人，日为平价米所苦，遑论娱乐？工作之余，邀两三好友，觅僻静地区之小茶馆，购狗屁牌一盘，泡茶数碗，支足，仰卧椅上，闲谈上下古今事，所费有限，亦足销费二三小时。间数日不知肉味，偶遇牙祭，乃得饱啖油大（打牙祭、油大，均川语）。腹便便，转思有以消化，于是亟趋小茶馆，大呼沱茶来。此时，闲啜数口，较真正龙井有味多多也。尤其郊外式之小茶馆，仅有桌凳四五，而于屋檐下置卧椅两排，颇似北平之雨来，仰视雾空，微风拂面，平林小谷，环绕四周，辄与其中，时得佳趣，八年中抗战生活，特足提笔大书者也。

说茶

/ 曙山

人每每于饭饱、酒醉、疲劳过甚或忧愁莫解的时候，一旦遇到有一杯芬芳适口的香茗，把它端起来咕噜咕噜地几口喝下去，其功用正如阿芙蓉膏之对于泪流气沮的黑籍朋友，能立刻地使其活跃鼓舞，精神焕发；又如深恶严冬困苦的人们，一到清朗明媚的春天，忽置身于清旷秀丽的境地，有谁能不陡觉那般清快怡悦的舒服，真无言可喻！

毕竟我们中国人，不愧为拥有五千年来最古最高文化的优等民族，所以早早地就在人类生活史中发明了这种有益于人的“清心剂”——茶，也曾以此夸耀于世界，称为中国的特产。

讲起茶道，我固然是一个爱喝白水的门外汉（但我以前也是个爱喝好茶者，只因在学校时，被那走廊下的大茶壶把我的胃口灌坏了，于是我的这种口福遂完全被剥夺而犹未复），谈不出来一篇什么大道理。不过我在人海中浮沉，从来就欢喜在工作余暇乱翻些书籍，故此也就拾得不少先民的牙慧。

例如唐代的那位“茶神”或“茶颠”的陆羽先生，他因嗜茶，曾著了一部千秋不朽的《茶经》；到了宋代，又有两位大茶客丁谓和蔡襄，前者复撰《茶图》以行世，后者亦著《茶录》以传后，就仅仅的在这些里面，已把茶道讲得没有我们插嘴的余地。其他如卢仝的《茶歌》、东坡的《茶赋》，更都是千载不朽的茶铭。而今可视为“喝茶礼赞”的。即如吴淑的《茶赋》，使我们一读其“嘉雀舌之纤嫩，玩蝉翼之轻盈”的句子，也就足够我们冥想到那口快心悦的一种味儿了。

又《唐书》内所说：“唐大中时，东都进一僧，年百三十岁。宣宗问：‘服何药？’对曰：‘臣少也贱，素不知药，惟嗜茶。’因赐名茶五十斤，命居保寿宫。……”可见在唐代喝茶风气最盛的时候，茶不但是“清心剂”，并被看做“保寿散”或“延命丹”。

因为茶对人有这样的功用，遂往往被视为风流人物的韵事，且也易与文士诗人缔结了良缘。先就我国的古人来说，如上所述的几位“茶神”“茶颠”“茶客”等，兹不再赘，他如齐之晏婴，汉之扬雄、司马相如，吴之韦曜，晋之刘琨、张载远、祖纳、谢安、左思等，谁非屈指的“茶”迷？

美国的白洛克（H.I.Brock）氏，他于一九三一年在

The New York Times Magazine 七月号之中发表了《大作家的创作秘诀》一文，劈头的就说：“最近高尔斯华绥（John Galsworthy）氏在牛津大学讲演关于他的创作秘诀，他因此说小说家，必定不是仅以他自身的事为题材，而成功为创作的作家的，是把烟管、笔尖和稿纸，注意于其结联成一片。”以下他又大论作家之吸烟，由此导入了梦国，虽然这梦与在那烟管上的烟，终至归于消灭了无踪，但必陶醉于那幻想之中的。由此我又想到作家之于茶必定比烟还重要，因为我们常看到，极大多数的作家都喜爱进咖啡店去品饮名茶，甚至于有什么什么“茶会”的组织，然终未闻谁进 smoking room，也拿来当做一回事谈说（记者按：此语诬也。世上成功文人之书斋，无一非 smoking room 也）。

我在南京，所以再略谈谈南京的茶风。所谓“到夫子庙吃茶去”的一句话，差不多成为“南京人”的一种极流行的口头禅。他们不但应酬或消遣，常说这句话，其实凡是“有闲阶级”或失业的人十之八九都以那里为其消磨岁月的乐园，甚至风雨无阻地天天早上半跑到那里去,直到子午炮忽张口怒吼的时候，才各鸟兽星散。

夫子庙有名的茶社，当然是大禄、新奇芳阁、六朝居、民众等家。因此你偶尔地到那几家去吃一回，便往往会因为座上客常满，叫你连呼倒霉不置而抱头鼠窜。幸而挤在黑暗的一角坐下来，那么你非牺牲了半天工夫，使劲地把性子捺住了不可。不然的话，你不致因等待不迭而拂袖欲去，便因叫嚣恼怒而肚皮已饱。只怪那些干丝、大面和烧饼、包子等，到底不能把人的嘴满满地塞起来，所以从各人的牙缝虽少少的漏出几句话，却因其总和之力业已震动屋瓦欲飞。呵，不错，意大利的谚语说："在有三个女人和一只鹅的地方，那里就成了市场。"（女同胞们，这我是说人家的话啦，请恕我无罪！）那么，明乎此则这也就不足怪了。

这些茶社和上海的青莲阁差不多，可以为议和会场，可以为临时法庭，可以为婚姻介绍所，可以为选举运动铺，还可以为朋谋敲诈、密议抢劫等的流动魔窟。这里的茶呢，自然全为滋润他们粗燥喉咙的液汁，助长他们谈吐声音的嘹亮。

至于下晚入夜的一场，那情景与早半的便完全不同了。至此锣鼓喧天，灯光灿灼，一般金迷纸醉、人肉熟烂的气氛，简直使你一不当心便会醉倒如泥而一塌糊涂。这时大开其张的却不止是上举的几家了，如什么麟凤阁、天韵楼、大世界、又世界、月宫、四明楼，等等，莫不是门庭若市，生意兴隆。以这一带通天赤地的光亮，与下关大马路上的遥遥相映，其魅力殆同样的互相颉颃，各显神通。然其主要的支柱是什么呢？绝不是茶，而是元好问早说过的“学念新诗似小茶”的“牙牙娇女”、个个“堪夸”的摩登女郎。她们所有的东西是声、色、肉，这里若缺少了她们便没有戏唱，更没有饭吃，自然也决不会还有人来喝那一杯少有滋味的苦茶。

二二，三，一九，于昏沉的灯下

（原载于《论语》第十五期，1933 年 4 月 16 日）

茶包

/ 周文

川康的交界处，是一个绵延不绝起起伏伏的高山。离开那个古旧的城市，通过许多荒芜的田路和一些硬崖的峡谷，直到太阳当顶的时候，才可以走到这山脚。在那环山包围的古旧城中所看见的天，就已经很小；这山脚望见的就更小。

站在插入天际的高峰脚下的石头前面，顺着自己的脚尖向前望去，就看见一地大大小小的乱石头，有些甚至于大得像一座屋子那样，蹲在那些乱石的上面。石缝中伸出着无数黄青的茅草，迎着风在那些高高矮矮的石头边点着那毛虫似的头。

石头过去，是一溪潺潺流着的清泉，轻轻地缓缓地反映着黄色的阳光曲曲折折地流下去，荡出一种空谷的声音。

溪上面就是突起的插入天空的高崖，和这边的高峰对峙。从峰腰到峰顶都是丛杂的笔立着的杉松，环绕着峰顶的杉松上面的天是一种死灰色，太阳到这儿，都只有碗口那么大，显得灰黄了。

往西康，就要顺着这条小小的溪流，爬着一条半崖中的羊肠小路一重一重地翻过山去。说是爬，是因为山太高，好像壁立，走着那些一步高一步的石头路，鼻子就和前四步的石阶距离并没有三尺远，所以就显得是爬行一样了。在这些崖弯处，太阳是很少晒到的，许多青苔绿藓就爬满那些石级的边沿，如果不当心滑一下，鼻子马上就碰了石头尖，准会擦脱一块皮，流血呢。望着下面的黑洞洞的深谷，这么小心地一步一步喘着气走上去，汗就从脸上流下来，疲倦地想着，以为走完那插入天际的山顶就好了，但是刚刚走到山顶，转一个弯，却又是一个小小平坦的斜谷，斜谷的周围又是无穷的插入天际的高峰。再上去，自然又换出另外一种小小的斜谷，另一种插入天际的高峰也和先前的一样。

这些地方自然也有人家，就住在那些斜谷的尽头，和高峰的山脚。五六间不大整齐的草房，顺着路边立着。房上的稻草被半年堆积的雪花压成了炼焦似的枯黑。山风吹过去，就可以听见那些稻草嘶嘶地像低泣的声音。

房门口都照样地摆着一张长长的脏而旧的条桌和两条不整齐的长凳。一两个扎着围腰布的红线眼皮的女人就在那儿应酬着她们的顾客。听见斜谷转弯的那边有着拐子跺在石上清脆的声音，她们委缩[①]地围在柴火旁边就知道她们又有顾客来了。

这些顾客就是背茶包的脚夫。那茶包一块有八尺长，用篾篓装成，好像一条挺长的扁圆枕头，一条大约有十五斤。那些粗壮胳膊的汉子，一气是可以背十五六条之多的。他们把那茶包一条叠一条地扎好背在背上，就像背一个顶大的方桌面子似的，从腰起离头有三四尺高，那宽度在他背着的两旁还可以遮着两个人。然而走十来步却就要休息半天。

十几个人结着伴，一串串地在半崖的羊肠小路上扫着上面垂下来的树叶一步一步地走着。他们休息，全凭一根拐子，这东西，恰有屁股那么高，是圆滚滚的一根木棒，接近屁股的一头有一个五寸来长的横木。大家在树叶下沙沙地走了一会儿，便把拐子在石边一立，让拐子下端的尖铁块插稳在石和石的中间，屁股就原地不动的，靠到横木上。然后用竹圈子刮着脸上的汗珠，嘘出一口哨音，那哨音使对崖树梢的麻雀们也吃惊地乱飞起来，他们于是休息了。

这茶包是专销给康藏土人的。他们拿这茶叶去熬酥油充饥，是他们食品中的重要部分。

这些脚夫们就这么一年到头无休无歇地从古旧城里的商家

① 现作“萎缩”。——编者注

背出来，爬过山去，运到“打箭炉”[1]。他们在脚店里把茶包一搁，茶商的伙计们跑来点收清楚，在轻蔑的眼光下接着够回家的脚钱，他们就又啃着玉蜀黍的大馍，跑回那个古旧的城市，在老板那儿又捆扎十几包起来，又到这悬崖的半腰一步挨一步地流汗前进。

望着那一重又一重走不完的高山，望着那沉重云头的死灰色的天际，那天际呵，真遥远得很呢。太阳从崖这边爬到崖那边，灰黄色的光线在他们的瘦脸上仅仅是一会儿，很快就掠过去了，不见了。他们张着那呆滞的网满红丝的眼睛，呆板地叹息地想着：“啊，又是一天了！”当他们站在路上休息的时候，那永远伴着他们的那根拐子，拄在那石阶上发出的清脆声音，就好像安慰他们一下似的。

他们这里面，有很多自然是乡里种田的，然而有些却是无田可种挤到这山里斜谷来住家的汉子。他们把自己的红眼眶的女人留在家里卖点小菜之类，他们就这么一回一回往返地背茶包。有时剩得两个钱，就回来住几天，使老婆生一些孩子。

他们所希望的是当他们硬跷跷地闭着眼睛躺在坟墓里的时候，也好有人来给他们在乱草前点三根香，烧几张纸，磕几个

①“打箭炉”：古地名，指现康定市。——编者注

头。当他们那凸着肚的老婆生下一个孩子来，如果是男的，他们那成年沉默而且常常叹气的干枯嘴唇，就在那毛绒绒的胡子下露着焦黄的牙齿嘻开来了。如果同伴们拍着他们的肩膀给他们说着“恭喜呵恭喜”，他们就简直快活得眼泪都要流出来。三朝的一天,他们便要在红纸写的神位面前点着火光闪闪的烛，和白烟缭绕的香，“不孝有三，无后为大”，他们觉得是很对得起先人了。

磕了头起来，便把一根拐子拿到孩子嫩嫩的屁股跟前来，用横木在那屁股的下面搁一搁，口中就念念有词地说道：“不愿你长大做官做府，只愿你将来背得起二百五！”二百五差不多是二十包茶的样子。能够把一叠八尺见方的茶包直直地背在背上，在他们认为就又可以讨老婆，生孩子，传宗接代了。

孩子到了十来岁红喷喷的一张脸的时候，便带着同去在老板的面前学着看脸色，开始背茶包。起头自然是两包三包，慢慢就加多起来。人越高，背上的东西也越高，而脸子也就渐渐地变成蜡黄，瘦削下去了。这时候，老一辈的胡子白起来，背脊驼下去，身子那粗得像一层麻布般的皮子包着突出的干枯骨头，背上的茶包也就减少下去，不到一半了，然而走起路来还有点打偏偏，在乱石的悬崖半腰，一步一步地摸着走去。

峡谷旁边的那些鸡毛店的女人，见他们这些顾客走来，照例就站在门口，一面张着被柴火烟子熏得快瞎了的眼睛，一面张着那没有血色的苍白嘴唇喊："喂，客人，息店了！"他们这些背茶包的在半山里从天蒙蒙亮就起来走到现在，自己算算究竟是走了二十来里路了，快黄昏了，可以休息了。

走进店子，在那成年潮湿的土墙边把茶包子一放，自己就在柴火旁边躺下去。如果还有点鸦片，就在那地下的草蒲团似的草垫子上把烟灯点起来，枯黑的烟灰拌和着一点点熟烟就在那烟灯上乌焦疤弓的烧，来医治那几十年来压伤了的身体的疼痛。老板娘如果在旁边问着他们这回背了多少的话，他们就在那一跳跳的灯火前摇动着他们下巴下尖尖的杂白胡须，叹息地说道："我们不中用了！老了！该我们的孩子了！"那瘦脸在黄色的灯前就更显得蜡一般黄，额角和两颊的横横直直的无数皱纹深深地像刀子雕刻过似的，无神的眼珠子就像嵌上的两个白果，他们已经像木偶般的人了。

当他们年轻力壮的时候，在这些鸡毛店子经过，把茶包子一放，把自己带在身边的馍从贴胸汗臭的衣兜里面取出来吃过后就抱着手没有事，如果店老板娘是熟人，有时还去和她们说几句笑话开开心，或者约几个同伴围着来打打纸牌，消磨他们这无聊的时刻。可是到了胡子蓬松，说话的精神已经没有，如果不烧烟，倒下头便睡了。这山里是他们最熟悉的，然而最熟悉的也只是这山里。

像这样背东西走路，顶好是晴天，晚上他们坐在柴火旁边，听着山头的风从草房的壁缝吹下来，把烟子吹出门，吹下山去，他们就高兴地说："明天天又晴了。"

顶怕的是雪天。然而这山到十月就开始落雪了，一直要落到二三月间。雪银漾漾的堆满山头，甚至一切角落。路上也堆满了两尺深，粉似的，齐斩斩地可以吞没小腿。连松杉也是白的，树叶上都堆着一寸厚的雪花，低低的压下来扫着崖边，反映着灰黄的阳光，更加撩得人眼花缭乱，眼睛就会这么痛起来了。茶包子在那悬崖边走过扫着那压低下来的树叶，那雪花就像面粉团似的窸窸窣窣地溜下来，落进颈项上发臭的衣领里，顿时就觉着一股冷气从皮肤透进心窝，然而总得皱着脸上很深的皱纹，咬着牙慎重地再踏进一步去。在这雪天里走路真不是玩的，雾子从崖旁边的黑洞洞的深谷下面像刚揭开大饭桶时的白气直冲上来，往上升，连续不断地往上升，那浓浓的雾罩好像可以拈得着的轻纱似的。它劈头盖面的升上来，缭绕在脚间，缭绕在茶包子间，缭绕在堆满雪的松杉间，缭绕在峰顶和峰顶间，升不完，出不尽，好像那深谷下面谁在那儿成天烧着火煮着饭呢。雾是那么纱一样模糊的，在那些脚迹并不怎样明显的雪路上，真是可以迷失方向，不当心，一脚踏在冰块上，就会连人带茶包一起滑下深谷去。永远葬在迷雾中。这倒并不是稀奇事。

所以他们每天起来，一拉开鸡毛店子的门， 就要在雾罩中看看雪路上有没有豹子的脚迹,如果有,就放心地背着茶包走去。打山神庙前经过，心头惶恐地希望着神的保佑，口中便要说着：“回来时再给你老人家烧纸。”然而那庙子站在那湿崖旁边，其实已经破了。最难走的，恐怕是最后的一个山顶了。空手人从城里来，两天就可以翻过山去，然而在他们却要六七天才能爬上山顶。山顶的雪就是五六月都不会化完的。何况是落雪天气。

山顶上不但雪更深，雾更大，并且风也更厉害。在山里走几天,还有一些人家可以看见,虽是也有风,然而那声音是低泣,是哭诉,如走在沙漠上,如经过万人的坟难,如听见少女的悲痛。可是这一望无涯白茫茫的山顶，你瞧，雪花乱七八糟地漫天飞舞着，忽然一阵不知是哪里来的一股力量，一下子把雪花在空中旋卷着狂飞起来，卷了几个回旋才落在雪地上。一些在崖边的枯树突然咔嚓一声断了下来，稀里哗啦地就奔下崖去，就是已经着地的雪花都滚了起来。这时间，就只听得“虎——虎——虎”的一种尖厉的怒吼，一种惨叫，在空中动荡着，天乌地白。第一个背茶包子上来的人不当心，马上就看见他把拐子抛在空中，仰翻着背上的茶包翻了一个又一个的筋斗就滚下深不见底的深谷迷雾底下去。老头子走到这上面，如果遭受不住，纵不致飞下崖，但马上你可以看见他眼珠子一怔，胡子下面的嘴唇就立刻乌白，一缩一缩地露着齿，像是笑嘻嘻，直直地就躺到雪地上了。暴风平静后，就有乌鸦们来啄去他的眼珠，豹子们来啃去他的心脏。

然而，人们并不因此就停下去。后来的向着死尸睁着伤感惯了的眼睛，呆板地摇摇头，警惕着自己，便又呆板地拄着拐子一声声清脆地向着那无穷尽的生活远极前进。

他们依然照样地预祝着自己初生下来三天的小孩，希望他们来承继着他们的命运。不过，这究竟已经是多年以前的黄金时代了。就纵然一月背一次，究竟还有背的，可以啃一啃玉蜀黍的硬馍。可是自从英国制造的印度茶可以直接用喷着浓烟的火车运销康藏，而内地那些古旧城市中的茶商便多半倒闭的倒闭，关门的关门了。于是有些人想再冒着风霜雨雪在崖边上去拼命都不可能，而只好躲在家饿得暴躁地烤着柴火了。

现在如果再经过这些地方，你可以看见较低的一些斜谷里还有着一些零零落落的人家，在招待着很少的背茶包的顾客和一些别的客人。在这里，你可以随时听见男的粗暴的声音，用瘦筋筋的拳头捶着桌子；女人呢，则端一条凳子坐在门边眼泪鼻涕地数说着狂号。至于较高的一些斜谷，有许多地方的草房都空空洞洞，歪斜的歪斜，倒塌的倒塌，只剩一些崩坏的土灶在那歪柱旁边，红纸写的神位都不见了。

至于有些简直等于从来就没有过房子似的，那些被雪花压黑的稻草已躺在嶒嶙的大石旁边腐烂，横躺在杉树面前的柱头也被雪水剥蚀成柴块，生上许多藓苔了。

1934 年 9 月